Vénus Khoury-Ghata

Le facteur
des Abruzzes

Mercure de France

© *Mercure de France, 2012.*

Romancière et poète, Vénus Khoury-Ghata est l'auteur d'une œuvre importante, dont *Le moine, l'Ottoman et la femme du grand argentier* (prix Baie des Anges 2003), *Quelle est la nuit parmi les nuits*, *Les obscurcis*, *Sept pierres pour la femme adultère* (Folio n° 4832), *La fille qui marchait dans le désert* et *Le facteur des Abruzzes* (Folio n° 5602). Elle a reçu le Grand Prix de poésie de l'Académie française 2009, et le Goncourt de la poésie 2011 pour l'ensemble de son œuvre poétique.

à Yasmine Ghata

«Un village creusé dans le roc, sosie d'Eboli où le Christ s'est arrêté, d'après le film de Francesco Rosi, dernier village après la dernière gare, le train ne peut aller plus loin. Son nom commence par la lettre M.»

Les précisions de Luc étaient toujours vagues, mais comme elle faisait semblant de comprendre...

Son généticien de mari avait oublié le nom du village où son cœur s'était fêlé alors qu'il y avait fait trois séjours et ramené des centaines d'éprouvettes, du sang, de l'urine et de la salive de ses habitants, des Albanais implantés dans les Abruzzes depuis un siècle, tous dotés des mêmes groupes et rhésus sanguins : O négatif.

Mort après son retour, ses amis enjambaient les prélèvements entassés dans l'entrée de leur appartement pour lui présenter leurs condoléances.

Six caisses et cent pages de notes à déchiffrer

et à réécrire, elle l'a toujours fait et l'aurait fait une fois de plus si Luc n'avait pas eu la mauvaise idée de mourir.

Recopier ses notes revenait à l'accompagner dans ces pays où il partait seul vers des êtres qu'il lui racontait à ses retours : Esquimaux de Terre-Neuve, pêcheurs de saumon d'Alaska ou les Albanais qu'il lui présenterait lors de son prochain voyage. C'est du moins ce qu'il disait.

Il n'y eut pas de prochaine fois. Il n'y aura jamais de prochaine fois.

Les derniers consolateurs disparus et en attendant que Luc ne soit plus mort pour qu'il revienne à la maison, pas un jour n'a passé sans qu'elle ne pense aux Albanais des Abruzzes. Passé dix ans et Luc toujours absent, elle prit le train gare de Lyon pour l'Italie et ce village dont le nom commence par la lettre M. Le dossier des Albanais et sa machine à écrire ajoutés à sa valise au tout dernier moment.

« Je suis l'épouse du docteur qui vous piquait le bout des doigts et vous faisait uriner dans des éprouvettes », leur dira-t-elle et ils lui ouvriront toutes les portes.

Ceux qui ont vue sur la montagne l'ont suivie du regard de la gare à la maison louée pour une semaine. Les autres qui ont vue sur la vallée et qui n'ont rien remarqué se sont rangés à leur avis, ils n'ont aucun intérêt à les contredire. Son arrivée en plein midi du mois d'août quand le soleil enfonce des clous dans les têtes ne les étonne pas, mais ils trouvent bizarre qu'elle ne se soit pas arrêtée devant le cimetière ou au café, ne serait-ce que pour boire un verre d'eau avant d'entreprendre l'escalade de la pente.

« La dernière maison à gauche, au pied des ruines, lui a précisé la dame de l'agence. Et surtout ne vous perdez pas, personne pour vous renseigner, les habitants de Malaterra déménagent l'été dans la vallée. Le haut laissé aux vautours et aux serpents. »

La clé dans sa main pèse une tonne, aussi lourde que ses jambes maintenant qu'elle attaque la pente. La dame au loin lui fait de grands gestes des bras comme si elle sautait à la corde.

«La clé, crie-t-elle, est pour la forme, la porte n'a plus de serrure, et il vous faudra descendre en bas pour les provisions. Tout est en bas.»

Et son doigt désigne le ravin.

«Y a-t-il une papeterie?

— *Perché une papèteria?* Les vieux qui savaient écrire sont tous morts, les jeunes ont quitté le pays. À moins de tenter votre chance auprès du vieux Kosovar, il ouvre le dimanche après la messe. Votre nom?», s'avise-t-elle avant de s'éloigner.

— Laure», lance la femme de Luc par-dessus son épaule sans se retourner.

La chaleur écrasante ralentit sa marche, ralentit ses pensées. Elle ne sait plus la raison exacte qui l'a poussée vers ce village abrupt et ses habitants qui parlent une langue qu'ils sont seuls à comprendre, mélange d'italien et d'albanais. Est-ce pour sa ressemblance avec Eboli ou pour refermer le cercle du deuil qu'elle a voyagé toute une nuit?

Étudier la génétique d'hommes et de femmes qui vivent en cercle fermé, ne se marient qu'entre eux et qui ont traversé l'Adriatique pour changer de vie a arrêté celle de Luc. Prélèvements effectués le jour, analysés la nuit, notes prises entre veille et sommeil, déchiffrées et réécrites le jour.

L'écriture de Luc aussi tortueuse que la pente escaladée avec peine.

Mêmes maisons creusées dans la falaise, mêmes façades rouillées. Soleil et neige de Malaterra font saigner les pierres. Des cavernes plutôt que des maisons avec des fenêtres aveugles. Les seuls volets ouverts appartiennent à la maison louée en quelques secondes.

Alignés sur le seuil, cinq chatons couleur suie semblent guetter son arrivée. Ils la conduisent à leur mère affalée sur le couvre-lit en crochet. Madame mère qui se remet de ses couches bâille à se décrocher les mâchoires puis suit d'un regard inquiet les va-et-vient de Laure entre la malle ouverte et l'étagère où elle range deux robes et le dossier de Luc. Elle lira demain les pages où s'entremêlent dans un grand désordre maladies, déficiences immunitaires, mariages consanguins ou incestes — le père engrossant la fille avec la complicité muette de la mère, parfois le frère parti très loin et qui n'a plus donné de ses nouvelles.

Demain elle mettra de l'ordre dans les notes écrites à la hâte du biologiste.

Dix ans ont passé depuis son évacuation à Rome sous une tempête de neige aveuglante et son retour à Paris dans un avion sanitaire transportant un homme dans le coma, un presquemort. Deux chemises repassées expédiées un mois plus tard par une certaine Helena gardaient son odeur. Touchées, humées, paupières serrées de crainte que les larmes n'en dissolvent la sueur, les deux chemises suspendues dans un placard se gonflaient au moindre courant d'air de la présence du mort.

Du balcon suspendu sur le vide, Laure devine un clocher, une place, un arbre aux bras raccourcis et le rouge brique des toits. L'eau évaporée du lac masque les maisons, pas le ravin, ventre béant, une des sept portes de l'enfer, dit une notice des chemins de fer. Pourquoi Luc avait-il choisi ce village et ses habitants pour ses investigations ? Un groupe et un rhésus sanguins communs à toute une population méritent-ils tant d'années de recherches, de séjours chez l'habitant avec la mort au bout ?

Et qui est cette Helena qui lui a rendu les deux chemises de son mari lavées et repassées par ses mains ? Pas d'adresse, ni de numéro de téléphone mais une branche de lavande à l'odeur âcre.

Un homme parle aux chats sur le pas de la porte. Il leur recommande de manger proprement et de ne pas se disputer sinon Yussuf se fâche. Il pousse le battant sans frapper, sans s'étonner de la présence de Laure, se jette sur l'unique chaise, éponge la sueur de son front d'un revers de manche avant de lui annoncer d'un ton désolé qu'il n'a pas de courrier pour elle mais qu'il viendra tous les matins par n'importe quel temps même si personne ne lui écrit ou ne pense à elle, même s'il ne connaît pas son nom ni d'où elle vient pour donner du lait aux chats, la mère est sèche.

Accouchement difficile, explique-t-il d'une voix étranglée. La pauvre a failli passer, les petits se présentaient par le siège, Yussuf avait du sang jusqu'aux poignets.

Puis cette recommandation : ne pas la bouger du lit.

Voyant la machine à écrire, il lui demande si

elle écrit des livres et si on parle d'elle dans les journaux et à la télé.

« Je réécris seulement.

— Tu veux dire que tu copies ce qu'un autre a pensé avant toi ? Quelqu'un d'important, un ministre ou un président de la République. Il a jeté ses idées sur des bouts de papier, tu corriges les fautes, à moins que la personne en question ne soit plus de ce monde, les morts ne peuvent pas se relire. »

Prend-il son silence pour un aveu ?

La main sur le cœur, le facteur lui présente ses condoléances, cul collé à la chaise, la pente l'a épuisé. Il va se servir un verre d'eau au robinet avant de poursuivre sa tournée dans la vallée alors que sa sacoche est vide. Les jeunes ne donnent pas de leurs nouvelles, reviennent rarement, pour enterrer un parent ou dans un cercueil. Chute d'un échafaudage pour les uns, règlement de comptes pour d'autres. La mafia enrôle à tour de bras.

« Les Albanais de Malaterra éparpillés dans toute l'Italie, se désole-t-il, seul ton voisin a choisi l'Australie. Déflorer la fille d'Helena a écroulé sa maison. Les murs n'ont pas tenu après le suicide de la malheureuse, le même mal frappe les pierres et les filles déshonorées... Sais-tu si l'Australie est en Amérique ?

— À côté, répond Laure à tout hasard pour ne pas baisser dans son estime.

— À sa droite ou à sa gauche ?

— Un peu plus bas.
— Ou plus haut puisque la terre tourne.»
Le facteur a décidément le dernier mot.

Un pied de l'autre côté du seuil, il lui annonce avec ménagement qu'elle ne devra pas compter sur sa présence demain. «Tout Malaterra se retrouve à la messe du dimanche. Les bancs de droite réservés aux parents des victimes, les bancs de gauche à ceux des tueurs. La dette de sang divise les familles. Il est le seul à avoir pris ses distances avec cette pratique barbare importée d'Albanie. Rebibia a fait de lui un homme civilisé.

Laure pense à une femme alors que le facteur parle d'une prison. Ses deux séjours :

«Trois puis six ans, Rebibia m'a transformé.»

Il n'a pas tué comme on pourrait le penser mais construit une école qui s'est écroulée sur les élèves. Seul survivant, l'instituteur, absent ce jour-là. Sa vache mettait bas. Sorti de là et ne sachant rien faire d'autre que poser des pierres sur des pierres, il a recommencé et construit un muret qui s'est effondré sur une chèvre alors qu'il n'avait pas lésiné sur le ciment. Récidive donc double peine. Il en a profité pour apprendre à lire. De retour à Malaterra, le maire lui a offert une sacoche avec promesse d'achat d'un âne alors qu'une bicyclette ferait mieux l'affaire à cause de la pente.

Yussuf parle de la bicyclette comme d'une femme. Il appelle bras les guidons, jambes les roues, fessier le siège. Elle gémit aux tournants, crie de plaisir quand on la fait rouler, soupire quand on la freine.

Malgré son âge, facteur Yussuf a la mémoire sensuelle alors que celle de Laure est hargneuse.

« Qui est Helena ?

— Une femme qui s'est tuée alors qu'elle croyait tuer sa fille.

— Helena est belle ?

— Elle est la moins laide de Malaterra.

— Helena est jeune ?

— Elle a l'âge de l'ours des Abruzzes. »

Le facteur n'a pas refermé la porte derrière lui, la maison de l'homme parti en Australie apparaît dans l'embrasure. Un mur debout, des pierres éparpillées, et un arbre au milieu de ce qui devait être une chambre. Des branches nues, chétives, noires. On dirait un balai debout sur son manche.

C'est là qu'il a violé la fille, a dit le facteur. De honte, l'arbre mange ses propres fruits.

Laure suit du regard les oiseaux qui survolent l'unique mur. Aucun ne s'y pose. Pressés de rentrer chez eux, ils affûtent l'air de leurs ailes acérées.

Elle va manger le pain et le fromage au thym achetés près de la gare même si elle n'a pas faim, dormir même si elle n'a pas sommeil et pousser les chats lovés dans leur mère pour pouvoir se glisser dans le lit.

Le vent qui souffle de la vallée la réveille en pleine nuit, la porte claquée dans un bruit de gifle l'empêche de retrouver le sommeil. Le vent des Abruzzes n'aime pas les étrangers, se dit-elle, et elle enfouit sa tête sous l'oreiller.

Demain elle fera appel à un serrurier.

Demain elle réécrira les notes de Luc sur les Albanais des Abruzzes.

Facteur Yussuf dit n'avoir vu qu'une fois et de loin le docteur qui analysait le sang, les urines et la salive des Albanais de Malaterra. Sorti depuis peu de prison, il n'avait pas encore repris ses esprits. Les médisants soupçonnaient le *medico* de vouloir vendre leur sang aux Parisiens anémiques à force de chipoter sur la nourriture, et donner à boire leurs urines à leurs enfants atteints de la coqueluche.

Un docteur qui s'intéresse aux empreintes est certainement un indicateur de la police, disaient d'autres.

«Il fallait pisser trois centimètres, pas un de moins, dans ses éprouvettes sur lesquelles il collait des étiquettes qu'il léchait d'un air gourmand comme si c'était du *chocolata*.»

Sujet A, sujet B, sujet C jusqu'à Z, quitte à recommencer avec A2, B2, C2, comme si ces gens n'avaient pas de nom ou comme s'ils étaient nés de la pierre. Toutes leurs habitudes dans la *molineta*. Le *medico* voulait tout savoir pour calculer leur *rythmo biologico* comme il disait : s'ils faisaient la *siesta* ou pas, s'ils dormaient sur le dos ou sur le côté, s'ils faisaient l'amour debout ou allongés, dans l'obscurité ou avec la lumière. Transporté à Paris, peut-être mort, le *medico* continue à alimenter les soirées. Son nom surgit dans toutes les conversations.

Le visage assombri de Laure donne mauvaise conscience au facteur. Moins distrait il aurait compris qu'elle connaissait le *medico*.

«Il faut être sa femme pour venir de si loin», constate-t-il maladroit.

Facteur Yussuf qualifie d'obscène l'engouement des chercheurs pour les Albanais des Abruzzes.

Ils passent en coup de vent, fouillent les garde-manger, le sol, les poulaillers, prennent des notes avant de disparaître à jamais. Un docteur de Genève a convaincu Yarmila de bander les yeux de ses poules pour qu'elles pondent deux fois plus d'œufs et conseillé à Milia d'éviter d'élaguer son rosier quand elle a ses règles.

«Parler de son rosier et de ses règles à une vieille qui n'a ni l'un ni les autres. Seuls les cailloux poussent dans le jardin de Milia qui survit à tous ses enfants. Garçons et filles mouraient à la naissance. La mère délivrée, le père creusait aussitôt un trou dans le jardin. On donnait un nom à celui qui durait quelques jours.»

Comment s'appelait celui d'avant? demandait-il.

Milia, qui ne s'en souvenait pas, se grattait la tête. Les noms des bébés morts partent avec le sang des couches. Seuls les enfants inscrits sur le registre des baptêmes ont un nom.

Le chagrin a fait un trou dans la tête de Milia, aucune herbe ne pousse dans son jardin. Ses enfants les mangent à la racine. Yussuf en est convaincu alors que l'absence d'arbres sur la montagne remonte d'après lui aux premiers émigrés qui s'entre-tuaient pour un bout de terre, un bout de pain. Le sang qui ruisselait sur la pente a pourri le sol, pourri la falaise. Ce qu'on prend pour de la rouille est leur sang.

Laure entend l'appel à la messe à travers le bruit des écuelles secouées par les chats. Les petites langues roses lapent avec vigueur le pain trempé dans le lait apporté par le facteur.

La pente dévalée, elle atteint l'esplanade où se presse une foule en noir. On se croirait à un enterrement alors que les morts sont en bas, dans le cimetière de la vallée. Regards désapprobateurs des femmes sur sa jupe courte et sa tête non voilée. La voyant se diriger vers la boutique du Kosovar, grands et petits s'engouffrent sous le portail de l'église visages tournés en arrière. Chuchotis et médisances brouillés par les chants grégoriens.

Le bouquiniste l'accueille avec de grands salamalecs. La dame de l'agence lui a annoncé sa visite, le facteur l'a informé qu'elle va écrire un livre sur les Albanais des Abruzzes. Il va lui fournir le papier en plus des renseignements nécessaires à son projet qu'il qualifie de *grandioso*. Il connaît les Albanais sous toutes leurs coutures, à l'endroit et à l'envers, ignorants et arrogants, prétentieux et analphabètes, n'ont jamais franchi la porte de sa boutique, lisent le marc de café et les lignes de la main plutôt que les trésors exposés dans sa vitrine.

«Des gens de l'écuelle et de la marmite et pas du livre», conclut-il amer.

Un geste large de la main, il lui montre le monticule d'ouvrages rongés par la crasse. Toutes les poussières des Abruzzes se sont donné rendez-vous dans sa vitrine, mais il s'en accommode à force de cohabitation.

Un livre prêté contre l'achat de dix feuilles de papier, propose-t-il alors que Laure a besoin d'un bloc entier.

Voyant qu'elle hésite, il l'encourage à accepter.

«Ce n'est pas tous les jours qu'on tombe sur Sophoclesse et Euripidesse traduits en grec ancien. Plonge ta main et prends sans regarder, le cœur voit mieux que les yeux.»

Épousseté à grands coups mais gonflé par l'humidité, le livre choisi par Laure pèse lourd. Le titre en lettres cyrilliques est incompréhensible pour elle mais pas pour lui qui se dit halluciné par son choix.

Ce livre raconte son histoire. Orféu descendu en enfer pour retrouver son Eurydice c'est elle. Il le lui offre. Elle paie les dix feuillets. Le livre est un cadeau.

«Bienvenue dans l'enfer de Malaterra», lance-t-il pathétique avant de pousser Laure vers la sortie. Elle a intérêt à devancer les grosses chaleurs, à rentrer sans tarder, le soleil des chrétiens tue. Elle lui racontera dans une semaine ce qu'elle aura écrit. Une page par jour en commençant par Helena. Sa haine de l'Australien mérite un chapitre entier. Elle l'attend depuis trente ans, un fusil à la main. Le canon rouillé, ses bras rongés par l'arthrose, ne l'empêcheront pas de le tuer, le tuera cent fois de suite. L'Australien mort, Helena dansera sur son cercueil puis dormira sur ses deux oreilles. Dormira trente jours de suite.

Orféu et les dix feuillets sous le bras, Laure fait un détour par la boulangerie. Le boulanger lui sert son pain agrémenté d'une poignée d'olives, cadeau de la maison, et d'une mise en garde contre le Kosovar qui juge les Albanais à travers ses sales lunettes et sa sale vitrine.

« N'a jamais serré une de nos mains, n'a jamais trempé son pain dans nos assiettes, ni épousé une de nos filles. Le seul musulman de Malaterra, pour tout dire un païen. Un adorateur du diable, son Mahomet n'est rien qu'un messager. Un simple messager. N'a rien inventé. »

Les notes de Luc, un magma de mots et de chiffres. Seul un scientifique peut les déchiffrer. Laure n'est que la femme de Luc, seulement sa femme. Réunir les mots qu'il jetait fébrilement sur les pages, œil vissé sur le microscope, n'en fera pas des phrases cohérentes. Elle risque de déformer sa pensée. Elle n'est pas un écrivain non plus et n'ambitionne pas de l'être. Les mots n'obéissent qu'à ceux qui les pensent. Luc parti, ils ont repris leur liberté, se sont éloignés et ce ne sont pas les doigts de celle qui lavait et repassait ses chemises qui vont pouvoir les ramener. Comment redonner sens à des phrases qu'il n'a pas dites devant elle? Pour les prononcer, il lui faut ses lèvres et le vocabulaire d'une communauté à part qui partage les mêmes codes et mêmes secrets, ne révélant que les résultats conformes à ses intérêts.

Créatinine, variation, électrophorèse, stéroïdes, acides ascorbiques, gènes, noyaux, cellules, etc., etc.

Seul mot compréhensible : Malaterra souligné en rouge.

Ses prélèvements expédiés à Paris, Luc prolongeait ses séjours. Trois jours devenaient six, douze. Enfermés dans des caisses scellées, sang et urine des Albanais encombraient l'entrée de leur appartement parisien. Lues et relues, tout au long de la nuit, ses notes ne reflètent pas les hommes et les femmes croisés hier sur le parvis de l'église. Le jour à peine levé, Laure dévale le raidillon. Ses pas réveillent l'esplanade endormie. Le feu de la boulangerie, seule note de couleur dans la grisaille matinale.

Pourquoi sortir si tôt ? Et pourquoi les chats l'ont-ils suivie en miaulant ? Le boulanger, qui devine leur faim et la sienne, partage entre eux un reste de saucisse et lui offre un pain aux raisins en plus de sa main. Il l'épouserait avec ses chats mais comme deuxième épouse. Il en a déjà une. Irréprochable.

«Accepte et tu auras ton pain à domicile, accepte et tu auras un matelas en laine, des casseroles qui brillent comme des soleils et une moustiquaire. Obligatoire la moustiquaire quand toute la merde de Malaterra se déverse dans l'étang et que les moustiques ont des dards longs comme aiguille de matelassier.»

Les demandes en mariage du boulanger s'adressent à toutes les femmes qui franchissent son seuil. Sa proposition formulée, il retourne à son fourneau, ses clients ne vont pas tarder à arriver.

Hommes, femmes, enfants visibles à travers les vapeurs de l'étang riche en soufre surgissent sur le sentier tortueux de la vallée où chacun a son lopin de tomates, courgettes, aubergines pour sa consommation personnelle.

Lequel d'entre eux se souvient du biologiste arrivé par une journée de neige aveuglante, un coffret métallique dans une main, sa mallette dans l'autre, et qui s'était dirigé droit vers la mairie, le maire devant l'accompagner dans sa tournée des maisons et qui était reparti le lendemain sous une autre tempête de neige sans laisser d'adresse ou dire s'il allait revenir ?

Sujet A, sujet B, sujet C... jusqu'à la fin de l'alphabet. Luc aurait dû leur donner leurs noms : Helena, Yussuf, pour ne citer que ces deux. Les désigner par une lettre de l'alphabet revient à les mépriser. Affront et manque de respect. Sujets A, B, C jusqu'à Z, même après quinze séjours et trois années à creuser dans leurs gènes et leur sang.

Le soir assombrit la fenêtre et les notes de Luc. Une journée entière sans avoir déchiffré une page ou réécrit une ligne. Les dix feuillets du Kosovar restés vierges. Laure se sent inutile. Le dossier refermé, elle se jette tout habillée au lit sans avoir allumé la lampe de chevet, sans avoir dîné.

La voix du facteur ce matin est aussi traînante que ses pas. Laure doit excuser son absence hier. Son droit de visite à ses enfants l'envoie à Cantanzo chaque premier dimanche du mois. Sa femme veut garder le rituel des années de prison. Six heures de train entre aller et retour et une déception au bout. Porte fermée. Les enfants étaient dedans. Il entendait leur respiration. Entendait leurs rires étouffés.

Il a appelé tout l'après-midi : Roberto, Raimondo, Renata. Sa voix baissait en même temps que le jour. La nuit venue et les imaginant enfermés dans l'obscurité, il eut pitié d'eux et repartit à la gare. La maison s'est éclairée d'un coup alors qu'il venait de s'éloigner. Le profil de sa femme à travers une vitre était aussi beau que celui de la Vierge Marie.

«Une *apparizione*.»

Facteur Yussuf ne garde que de bons souvenirs de sa femme et de la prison. Sans Alicia il n'aurait pas eu Renata, Raimondo et Roberto. Sans Rebibia, il n'aurait pas appris à lire, et serait analphabète comme tous les habitants de Malaterra.

«Lisez pour vous évader», répétait le directeur. Ceux qui le prenaient à la lettre étaient rattrapés et mis au cachot. Lui lisait.

Sautant du coq à l'âne, il demande à Laure ce qu'a pu lui raconter le Kosovar tout au long de sa visite.

«Mourad, qui t'a vue après, t'a trouvée noire de crasse.

— Mourad c'est qui?

— Le gentil boulanger, souffre-douleur du Kosovar, du coq perché sur une poubelle qui se croit l'ami des héros parce qu'on en parle dans ses livres. Ulysse, Alexandre le Grand, c'est rien que des morts et des gens inventés de toutes pièces. Ne se sont jamais penchés sur un pétrin ou cuit un pain, n'ont jamais soufflé sur une braise ou rallumé un feu. Le Kosovar, un hâbleur, aussi menteur que les nuages qui font croire qu'il va pleuvoir puis prennent la fuite devant le moindre vent. Il t'a certainement raconté qu'Helena veut tuer l'Australien alors qu'elle veut seulement lui faire payer le prix du sang de sa pauvre fille.

— Parce qu'il l'a tuée?»

Laure est horrifiée.

«Pire que tuée, il lui a volé sa fleur, percée comme une coquille d'œuf, impossible de refermer ce que tu sais. Ouverte comme elle était, personne ne l'aurait épousée si elle avait eu le malheur de vivre. Sa mère l'a aidée à partir.

— Partir où?»

La main du facteur frappant l'air par-dessus son épaule n'explique rien.

Ses yeux balaient les murs, le sol, avant de s'arrêter sur le dossier de Luc.

Il pense que seuls les riches peuvent noircir autant de papier. Ils ont du temps à perdre.

Mettre des mots sur des mots ne construit pas une maison, ne fait pas grandir un enfant ou un arbre, ne laboure pas un champ ni n'empêche les sauterelles de dévorer toute une récolte de maïs. Les pages qu'on écrit sur une table ne changent pas la forme de la table mais font exploser le cerveau de celui qui écrit. Trop de mots fissurent le crâne et raccourcissent la vie.

Facteur Yussuf s'échauffe à mesure qu'il parle. Sa tirade terminée, il explique à Laure qu'elle n'est pas venue à Malaterra pour lire et écrire mais pour rencontrer des gens et partager, sans préciser s'il s'agit de partager leurs bonheurs ou leurs malheurs.

Il lui parle de Rahil, laveuse de morts qui envoie tout ce qu'elle gagne à son fils qui a fait fortune à Genova mais manque de temps pour l'en informer, du garde forestier Ibrahim qui s'est retrouvé nez à nez avec l'ours et de ses cheveux qui ont blanchi en une nuit.

«C'est comme s'il avait neigé sur sa tête.»

Il lui parle aussi des angoisses de Milia qui n'a

plus de nouvelles de son mari laveur de carreaux à Milano et de l'annonce de son décès restée dans sa sacoche.

Yussuf ne veut pas faire de la peine à Milia.

Milia est veuve mais ne le sait pas encore.

Le facteur garde pour la fin les cris d'Helena quand elle a découvert la tache de sang sur la robe de sa fille.

Helena criait d'un bout à l'autre de sa tête et de la montagne, ses cris grimpaient la pente jusqu'à la maison du violeur, descellaient les pierres, écroulaient les murs.

« Écrasaient le garçon ? » demande Laure dans un hoquet.

Le facteur secoue la tête.

S'écroulaient sur eux-mêmes comme un corps malade. Le violeur embarquait le même jour pour l'Australie. Un cousin albanais de la première immigration fabricant de miroirs l'a accueilli avant d'en faire son héritier.

Parti de Rome, il n'est jamais revenu. L'arbre qui a poussé entre les murs écroulés, c'est peut-être son corps foudroyé. Mort de honte.

Pour quelles raisons le facteur parle-t-il de tous ces gens qu'elle ne connaît pas ? Laure comprend un mot sur deux de ce qu'il dit, parle deux langues en même temps, les mots sont italiens, les tournures viennent d'ailleurs et tous les verbes à l'infinitif.

Il ferait mieux de lui parler de Luc et de son arrivée à Malaterra sous une tempête de neige, un coffret métallique dans une main, une mallette dans l'autre, sans manteau, sûr de tout terminer en une journée : douze heures pour faire uriner, saigner et cracher toute une population.

«Il a dû y prendre goût pour revenir de nouveau», dit le facteur.

Ne pensait qu'à remplir ses seringues et ses éprouvettes et à écrire des choses sur les étiquettes qu'il léchait d'un air gourmand comme si c'était du *cioccolato*. Nos femmes ne l'intéressaient pas. En avait-il une à Paris ? Il n'en parlait pas. Il avait peut-être oublié qu'il était marié.

Facteur Yussuf renvoie Laure à Helena qui l'a hébergé.

«Elle te racontera mieux que moi la salive raclée à l'intérieur des joues, les solutions de toutes les couleurs, les sujets : A, B, C jusqu'à Z comme on récite l'alphabet.»

Dix ou quinze séjours, il se portait comme un lion et le voilà qui tombe raide comme dans un puits. Le thermomètre explosait, Helena l'a soigné pour la toux alors que le mal venait du cœur. Inutile le journal glissé sous sa chemise. Il étouffait. Inutile le cierge allumé à la Vierge. La Vierge fâchée avec Helena pour les raisons que tu sais n'allait pas l'écouter. Voyant son cas s'aggraver, le maire l'a transporté dans sa jeep jusqu'à Rome puis l'a confié au médecin de l'aéroport.

Plus de nouvelles de lui depuis. Facteur Yussuf veut bien croire qu'il est mort puisque Laure le dit, mais il la met toutefois en garde contre son imagination.

« Remuer les papiers d'un mort ne suffit pas pour le ramener à la vie », lance-t-il sentencieux.

Son conseil : les ranger et déménager dans la vallée. Vivre isolée entourée de maisons vides finira par miner sa santé. Seul l'ours de la montagne tient le coup, même s'il lui arrive de hurler à tue-tête quand la lune est pleine comme l'a fait Helena au cours de la maudite nuit. La plus maudite des nuits.

Yussuf parti, Laure ouvre le dossier de Luc, ses doigts en effleurent la première ligne sans sentir la moindre vibration. Les mots ont adhéré à la page comme la mousse sur sa tombe non entretenue. Image qui lui tord l'estomac. Le cri d'une syllabe d'un oiseau de nuit s'adresse à elle. Luc… Luc et le silence. Entre ses deux appels Laure attend qu'il lâche de nouveau le nom serré dans son bec, mais rien ne vient. Dissous dans l'atmosphère, Luc enterré dans une crevasse de l'air.

Un bruit de pierres sur la pente réveille Laure en pleine nuit.

Un pas s'approche de la porte, une masse s'appuie sur le battant comme pour le défoncer. Elle pense à l'ours qui hurle à tue-tête les nuits de pleine lune.

«Va-t'en d'ici, va-t'en d'ici!»

Laure est seule à entendre sa propre voix.

Ce ne sont pas les moustaches hérissées de ses chats qui vont faire déguerpir le fauve, ni la chaise en travers de la porte. L'ours des Abruzzes ne fera qu'une bouchée d'elle et des chats.

Inutile d'appeler au secours : elle est seule sur la montagne. Protégés par la falaise et par le bruit du vent dans leurs arbres, les habitants de la vallée ne peuvent l'entendre.

«Va-t'en sale bête», alors que la masse de muscles et d'os continue à secouer le battant.

Sa respiration remplit la chambre. Moteur en marche, bruit de forge, il souffle et transpire à travers les pierres, maugrée dans le trou de la serrure.

Continuer à appeler risque de l'exciter au lieu de le faire déguerpir. Ses grognements viennent de toute part. Laure hallucine : pas de murs pour la protéger, la porte n'existe que dans son imagination.

Éteindre la lumière a-t-il désorienté l'ours ? Il grogne mécontent, se lève puis s'éloigne alors que l'aube vient d'éclairer la lucarne.

Laure attend qu'il soit suffisamment loin pour se précipiter vers la place et la boulangerie, seul commerce ouvert à cette heure matinale.

Elle sanglote sur la poitrine du boulanger et lui raconte d'un trait : la porte, l'ours, les grognements et comment il va la dévorer quand il va revenir.

Parce qu'il reviendra, sa porte n'a pas de serrure, et qu'elle n'a qu'un tournevis pour se défendre, la dévorera en même temps que la chaise, la table et le couvre-lit en crochet.

Le boulanger se tortille de rire au lieu de compatir à ses malheurs.

Le boulanger rit et pleure en même temps.

Le tournevis capable de tuer l'ours le fait suffoquer de rire.

Nono, dit-il, est végétarien, ne mange que des fruits et des légumes, jamais de femmes, la viande le dégoûte. Son dos devait le démanger, il voulait se gratter et n'a trouvé qu'une porte. Nono, un sac à puces. Personne ne s'est jamais plaint de lui.

Il fait le tour des poubelles les nuits d'hiver quand la faim le chasse de la montagne, se contente de ce qui lui tombe sous la main, ne crache sur rien. Humble, discret, se sait mendiant mais n'en tire aucune honte aucune vanité.

Nono est l'ami de tout le monde est la conclusion.

« Pas le mien.

— Réaction normale. Il sera ton ami quand il n'aura plus peur de toi », clame-t-il lyrique, ses moustaches ramollies par l'émotion.

Larges comme des battoirs de blé, les mains du boulanger se promènent entre sa nuque et son dos mais Laure ne s'en offusque pas. Des bras qui sentent le feu de bois, une poitrine qui sent la farine chaude. Elle ne risque rien tant que Mourad veille sur elle. Mourad tient à l'épouser.

« Moi dans ton lit, l'ours prend ses jambes à son cou, déguerpit. »

L'obscurité devenue plus opaque et les lumières de la vallée éteintes l'une après l'autre, l'ours n'est pas revenu et Laure a dormi d'un bon sommeil et rêvé longuement de Luc. Emmitouflé jusqu'aux yeux dans une couverture de survie comme celles dispensées par les pompiers lors des incendies, sa voix lui parvenait morcelée, hachée. De lui, elle a retenu une phrase : Là-bas il neige continuellement.

Elle ne devait surtout pas lui dire qu'il était mort, la moindre allusion à ce sujet l'aurait fait disparaître alors qu'elle tenait à lui crier son manque de lui. Un manque sec comme la soif et la faim, qui faisait déborder sa salive, durcissait le bout des seins, réduisait son ventre à une brûlure.

Réveillée, elle recherche la fraîcheur du balcon. La vallée vue de cette hauteur est une béance noire. Adossée à la rambarde, Laure essaie d'imaginer le sommeil des femmes privées d'homme qui dorment en bas. La buée de leur haleine obscurcit les vitres des maisons, les odeurs fétides de l'étang collent à la peau de leurs rêves quand il leur arrive de rêver.

Rêves de veuves pavés d'eau noire. Des menteuses qui prétendent que leurs défunts collent leur bouche sur leurs vitres, qu'ils y laissent l'empreinte de leurs baisers charbonneux. Comment les croire alors que tout est mensonge autour d'elles ? Qu'il arrive à neiger en plein été, que ce qu'on prenait pour un poirier donne parfois des pommes et qu'une vache mette bas une créature mi-homme mi-animal. Qui en est le père ? Quel mâle de Malaterra a enfoncé son dard dans la chair béante de la bête ? Le pope menace de couper la tige de celui qui ne fait pas la différence entre une croupe et une fesse, entre un pubis soyeux et une fente rêche, et de la jeter aux chiens. Le pope qui s'excite promet d'autres sévices, les énumérerait volontiers si les rires des croyants ne mettaient fin à son exaltation.

Facteur Yussuf offre à Laure une serrure, en or, dit-il alors qu'elle est en cuivre. Clouer et visser ne l'empêche pas de faire la conversation. Informé de sa mésaventure, il lui explique que l'ours Nono, de son vrai nom Valentino, n'est ni plus animal ni plus humain que les habitants de Malaterra, mais nettement plus frileux. Les nuits de grand froid, il ramasse du bois et fait du feu avec deux silex. Les pattes tendues au-dessus des flammes, il se frictionne avec des soupirs de bien-être qu'on entend de partout.

Son visage s'éclaire quand Laure le met au courant de la demande en mariage du boulanger.

Yussuf ne voit rien d'offensant dans cette proposition. Mourad n'a rien à se reprocher sauf qu'il crache dans ses mains avant de mouler le pain et qu'il est déjà marié et père de cinq enfants. Ses ronflements dans un lit éloigneront tous les ours des Abruzzes. Épouse du boulanger, Laure aura deux *residenzia* :

une maison d'été dans la vallée à manger des salades fraîches et des fruits pris directement à l'arbre ; une maison d'hiver sur la pente où Mourad réchauffera ses pieds. Et qui sait s'il ne lui fera pas des enfants même si elle n'est plus de première jeunesse. Reste le problème de sa première femme et des écritures maléfiques capables de bloquer ses élans. Mais pourquoi anticiper ? Chaque chose en son temps. Mourad en costume de dimanche, un œillet à la boutonnière, est aussi beau que le président de la République de l'Italie, renchérit-il. Généreux, discret, capable de donner la moitié de son manteau à un mendiant même s'il n'a pas de manteau et qu'il n'y a pas de mendiant à Malaterra.

Riposter qu'elle sera toujours la femme de Luc, même s'il partait sans prévenir, même s'il n'écrivait pas et qu'il l'oubliait embarrasse le facteur.

Son regard fixe ses grosses bottes fendillées. Sa main fouille sa sacoche, ne trouvant pas ce qu'il cherche, il la vide d'un coup et extirpe une enveloppe tellement pliée sur elle-même qu'elle a fini par avoir les dimensions d'un timbre-poste qu'il brandit comme un trophée :

« C'est pour toi, et dis-toi que j'avais mes raisons pour ne pas la poster. Le *medico* repartait à Paris à moitié mort. Il raconterait à sa femme ce qu'il y a dans la lettre si jamais il s'en sortait. Dans le cas contraire…

— Dans le cas contraire ? répète Laure d'une voix étranglée.

« — Je t'aurais rendu l'argent du timbre. Yussuf n'est pas un voleur. »

Les deux lires qu'il extirpe de sa poche tombent sur le sol. Il n'a pas la force de les ramasser.

Lèvres serrées pour ne pas exploser de colère, Laure lui demande s'il a d'autres lettres de ce genre dans sa sacoche. Elle l'accuse de captation d'information, d'appropriation du bien d'autrui, de larcin, et Yussuf qui ne comprend pas qu'on se mette dans un tel état pour quelques phrases griffonnées à la va-vite compare l'écriture de Luc à des fourmis. Il parle même de démangeaisons et de se gratter le cœur jusqu'au sang comme l'a fait Nono sur la porte. Sachant écrire, il aurait recopié la lettre cent fois, pour se faire pardonner. Mais Yussuf sait lire seulement.

Mon amour
Tout me ramène à toi parmi ces gens qui ne te connaissent pas, ne te ressemblent pas, ne parlent pas la même langue que toi.
Ils sont aussi seuls sur leur montagne que toi dans ton grand appartement.
Vents violents sur Paris toute la semaine d'après le journal d'hier.
Tu t'es certainement battue contre les fenêtres qui ont du mal à se refermer et bouché les fissures avec du papier. Il est des bois comme des êtres, ils deviennent récalcitrants en vieillissant. Frileuse comme je te connais, tu dois te réfugier au lit dès que le jour baisse derrière les châtaigniers.

Genoux contre le menton, ta tête posée sur ton épaule, tu dors le visage tourné vers la porte.

Comment te dire sans m'humilier que ces images me tirent des larmes des yeux.

Mon pauvre amour, me pardonneras-tu un jour d'avoir manqué de temps pour t'aimer.

Je t'écris cette lettre pour t'aider à te souvenir de nous.

Luc

Les mots d'amour de Luc, échardes dans le cœur de Laure, pluie chaude sur une terre surchauffée, ne rafraîchissent pas, n'étanchent pas sa soif de lui.

Une seule main ne peut applaudir, dit un dicton, il en est de même pour les lettres écrites par un mort.

Luc m'aime-t-il plus depuis qu'il est mort ? se demande-t-elle, oubliant qu'il a écrit la lettre de son vivant.

Elle la relit sans cesse depuis trois jours, de haut en bas, et de bas en haut en commençant par la dernière phrase jusqu'à donner le tournis et la nausée aux mots.

Hissés les uns sur les autres, les mots ne recréent pas un homme, ne reconstruisent pas une maison. Luc mort a emporté la maison avec lui.

Des chambres vides, un lit vide. Personne n'appelait. Elle ne sortait plus, ne voyait personne. La rue, les passants lui étaient hostiles. Elle dormait, se levait.

Seul événement : le jour.

Visite jamais renouvelée à sa tombe avec la conclusion qu'étant tous les deux morts il lui incombait autant qu'à elle de lui rendre visite.

Arrivée les mains vides, elle s'était emparée d'un bouquet flétri sur une tombe voisine et l'avait lancé sur la sienne avec le sentiment du devoir accompli. Elle offrait des fleurs à celui qui ne lui en avait jamais offert. Son prénom gravé sur la pierre rejoignait celui qui clôt l'étrange lettre.

Lisser le feuillet froissé n'en efface pas les pliures, ni les rides de son visage creusées par les insomnies.

Née pour vivre seule, et ce ne sont pas les cinq chatons prêtés pour la durée de son séjour à Malaterra, comme l'a été Luc pour sa vie d'épouse, qui rempliront sa vie.

Le bail arrivé à sa fin, Luc lui a été retiré. Le biologiste parti sans son microscope et ses éprouvettes, sans ses notes indéchiffrables sur les Albanais des Abruzzes. Revenir sur le lieu où elles furent écrites les rendra-t-elles plus lisibles ? Aussi énigmatique que ses écrits, Luc mort garde tout son mystère.

De retour d'un séjour en Chine pour étudier le cancer de la gorge dû à la consommation de poisson salé et séché au soleil, et voyant les ravages sur la figure de sa femme, il lui avait suggéré de profiter de ses absences pour se distraire et se faire des amis. «Un ami», avait-il précisé misérieux.

Lui crier qu'il était son seul ami l'avait exaspéré.

Changement radical le lendemain, revenant sur sa propre suggestion, il dit qu'il s'était mal exprimé et qu'il ne tolérerait pas le moindre manquement de sa part. Elle l'attendra tant qu'il y aura du sang dans ses veines et une porte qui s'ouvrira à chacun de ses retours.

La lettre de Luc, un instrument de musique qui n'émet aucun son.

Objet inutile, incapable d'abattre le mur qui les sépare.

L'oreille collée au papier, Laure n'entend pas sa voix, ni le bruit de son cœur lorsqu'il l'avait écrite. Le papier ne retient pas l'odeur d'une peau, ne retient pas une respiration. Issu de l'arbre, il meurt comme tout ce qui marche : l'homme, le fleuve, les saisons.

Facteur Yussuf ne franchira pas la porte tant que Laure ne lui aura pas pardonné. Il est là pour les chats qu'il appelle Raimondo, Renata, Roberto, prénoms de ses enfants, pour leur donner à manger et leur faire la causette.

Habitués à ses lubies, les chats ne lui prêtent aucune attention et se jettent sur la nourriture.

Yussuf ne s'explique pas la colère de leur maîtresse. Tout un drame pour une lettre qu'il aurait fini par expédier un jour. Dix ans dans sa sacoche sans l'avoir jetée témoignent de sa bonne foi. Son cœur lui disait qu'il la remettrait en main propre. Facteur Yussuf se méfie de la poste.

Dix hivers et autant d'étés, sans sa protection, cette lettre serait tombée de sa sacoche, aurait atterri dans le four de Mourad ou entre les pattes de l'ours.

Le facteur l'aurait expédiée à Laure s'il l'avait connue à l'époque.

Le facteur par principe ne garde que les lettres des gens qu'il ne connaît pas.

Il voit les choses autrement maintenant qu'il voit Laure telle qu'elle est : ni célibataire, ni mariée, ni tout à fait jeune ni tout à fait vieille, avec un ours qui se gratte le dos sur sa porte et surtout absente des registres de la mairie.

Morte, elle embarrasse tout le monde. Dans quel caveau l'enterrer ? Qui prévenir et à qui envoyer la facture du fossoyeur ?

Le cordonnier qui l'a vue de loin dit qu'elle ne rentre dans aucun moule, maigre comme elle est. Yussuf se sent responsable d'elle depuis qu'il connaît le visage de sa colère.

Il se lève maintenant qu'il a vidé son cœur. Il va poursuivre sa tournée. Son pas décroît sur la pente qu'il escalade tous les matins pour elle, rien que pour elle.

« Mais qu'est-ce qui a pu attirer Luc dans ce coin perdu du monde ? » se demande Laure et elle referme les volets, plongeant la chambre dans l'obscurité alors que le jour vient de commencer.

Les deux fonctionnaires de la mairie en costume, cravate, chapeau désirent interroger Laure sur le rapport écrit par son défunt sur les habitants de Malaterra.

« Des gens au-dessus de tout soupçon, la crème de la crème, dit l'un.

— Le sel de la terre, renchérit l'autre. »

Des zones d'ombre persistent sur ce projet parrainé par l'ancien maire, un communiste de l'ère stalinienne. Un corrompu, déclarent-ils d'une même voix.

Qualifier de rapport de simples analyses scientifiques revient à faire de Luc un indicateur de police, un délateur, un espion.

Laure leur confie le dossier puis se réfugie sur le seuil avec les chats.

Arrivés le matin, l'horloge de la place vient de sonner midi sans qu'ils aient mis la main sur le moindre terme insultant ou restrictif qui discréditerait les habitants de Malaterra. Sujet A, sujet B, sujet C jusqu'à Z ne sont pas forcément Helena, Yarmila, Mourad et les autres. Pas la moindre allusion non plus au Kosovar, ou au facteur ni même au maire qui a joué un rôle important dans cette affaire.

Déçus et surtout conscients d'avoir perdu leur temps, ils renouent leurs cravates, referment le dossier taché par la sueur de leurs fronts après avoir conclu que le rapport écrit en français, une langue bavarde qui a recours à beaucoup de mots pour dire peu de choses, ne présente aucun intérêt. Il en aurait été autrement s'il avait été rédigé en albanais, plus pauvre en vocabulaire mais nettement plus riche en sens.

Ils quittent Laure à reculons mains jointes avec respect comme si elle était le pape ou le roi de Siam.

Le seuil franchi, ils lui demandent si elle a hérité des outils de travail de son défunt. Microscope, stéthoscope, éprouvettes, seringues et aiguilles sont les bienvenus, ils achètent à moitié prix. Malaterra manque de tout.

Le Kosovar veut lire les dix feuillets qu'il a vendus il y a deux semaines à Laure alors qu'elle n'a rien écrit et qu'elle n'a pas l'intention d'écrire.

« Je ne suis pas un écrivain. Je suis une veuve.

— Donc tu es couturière. Le mari enterré, les femmes de Malaterra achètent une machine à coudre et pédalent pour oublier leur peine. »

Laure dit qu'elle ne sait pas coudre non plus.

« Alors tu cuisines, ton destin de femme le veut. Seule la vache ne cuisine pas mais donne son lait.

— J'ai arrêté de cuisiner depuis que mon mari a cessé de manger », dit-elle, sûre de l'émouvoir.

Mais le vieillard têtu s'acharne à lui démontrer que rien n'empêche les morts de se nourrir.

« Ils mangent l'odeur du pain, boivent les vapeurs des sources, rotent, pètent. Rots et pets font des ronds dans l'eau des lacs et des étangs. »

La larme échappée de l'œil de Laure lui donne mauvaise conscience. Il voudrait la consoler mais ne sait comment s'y prendre. Il n'a qu'un conseil à lui donner : laisser le mort faire sa vie comme il l'entend et surtout ne pas le harceler : «Messes, cierges et prières mettent les défunts de mauvais poil.»

À son œil gauche qui s'illumine, Laure comprend qu'il a une idée en tête.

Le Kosovar s'ébroue tel coq prêt à s'envoler et lui propose de gérer sa boutique sans percevoir de salaire puisqu'elle en hériterait à sa mort.

Marché conclu. Tu commences demain. Il faudra tout sortir, laver au jet d'eau les murs, le sol, la vitrine, son fauteuil d'infirme, sa veste, son saroual, et pourquoi pas son pauvre corps handicapé, son dernier bain remonte à des années, puis tout sécher avant de classer les livres par ordre alphabétique même s'ils ne sont pas écrits avec le même alphabet.

«Place prépondérante au grec puisque tout vient de là, insiste-t-il, et que le monde serait peuplé d'ânes et de porcs sans Sophoclesse, Euripidesse et Socratis, qu'Allah dans sa mansuétude les reçoive dans son vaste paradis.»

Laure ne gérera pas la boutique du Kosovar, ni n'épousera le boulanger, ni ne fera ami ami avec l'ours de la montagne, mais rencontrera Helena qui avait vu la mort de Luc dans sa tasse de café le jour où son cœur s'était fêlé, au dire du facteur.

«Elle l'a vraiment vue?

— Comme je te vois et tu me vois.

— Elle ressemblait à quoi la mort?

— À quelque chose de noir, de sournois et de déterminé. Armée d'une fourchette géante, peut-être une faux, elle faisait des moulinets et fonçait droit sur ton pauvre mari. Touiller le marc et recommencer n'a rien changé. La même silhouette menaçante revenait avec la même fourchette. Il n'y avait plus qu'à casser la tasse. Elle l'a fait sans regret, sans regarder à la dépense. Le *medico* français était son fils du côté gauche du cœur. Habiter à un jet de pierre d'Helena sans lui rendre visite revient à l'insulter, elle a droit à des égards en tant que doyenne, veuve et orpheline.

— Orpheline ? s'étonne Laure.
— ... de sa fille. »
Le ton du facteur n'admet pas de réplique.
Même la montagne a pleuré la petite, seule la mère avait les yeux secs. Elle pleurait en dedans. Les condoléances affluaient de toute part : seaux en plastique de toutes les couleurs, bassines en aluminium, paniers en osier, même un rossignol en cage mais rien ne la consolait. Le pope qui refusait de donner l'absolution pour cause de suicide, remplacé au pied levé par un autre pope. Il n'y a pas plus solidaire que les Albanais. Normal ! le même sang coule dans leurs veines...

... Et le même rhésus sanguin, disait Luc, celui des Tatars qui sillonnaient les steppes d'Asie, pillaient, violaient, incendiaient tout sur leur passage jusqu'au jour où, par lassitude ou parce qu'il n'y avait plus rien à piller ou à incendier et plus de filles à violer, ils s'étaient fixés sur une terre serrée entre la Grèce et la Yougoslavie avant que l'Empire ottoman et le communisme ne les éparpillent un peu partout sur la planète, en Amérique, en Australie, et surtout dans les Abruzzes italiennes, enfants et volaille serrés dans le même balluchon et l'interdiction de se marier avec des étrangers pour ne pas rompre la chaîne du sang.

« Le sang d'une vierge est son drapeau et monnaie d'échange celui d'un meurtre. Tout s'achète et se vend avec le sang », t'explique facteur Yussuf.

La dette de sang, l'impôt du sang, une invention albanaise.

Un groupe et un rhésus sanguins communs à tous mais un ADN et des chromosomes différents. Luc attachait beaucoup d'importance aux chromosomes qui varient d'un individu à l'autre. La raclure de peau prise à l'intérieur de la joue est une signature. Seuls les vrais jumeaux font exception à la règle. Les chromosomes jouent le rôle de révélateurs des pathologies ou maladies susceptibles de frapper un individu au cours de sa vie, insistait-il, permettent de savoir s'il développera un cancer, une maladie cardiovasculaire ou d'autres anomalies.

« S'il sera un honnête homme ou un bandit, un génie ou un crétin », avait enchaîné Laure faussement naïve.

Ses facéties ne faisaient pas rire le biologiste. Sa femme aussi délirante que les cellules qui se multipliaient sans raison sous son microscope. Vue à travers ce microscope, la vie lui paraissait-elle plus passionnante ?

Il n'avait pas crié, ni ne s'était révolté après la perte de l'enfant qu'elle portait, mais serré les poings avant de se réfugier dans son laboratoire. Trois jours et trois nuits emmuré dans son silence, sans répondre à ses appels. Il ne la punissait pas mais se consolait en compagnie des cellules.

Le facteur a écouté Laure raconter les cellules, les chromosomes, les gènes sans l'interrompre, sans l'approuver, sans la désapprouver même quand elle l'a réduit à une raclure de sa joue, mais ne semble pas d'accord avec le reste.

Son verdict tombe comme un couperet :

«Au lieu de perdre son temps avec des cellules, le *medico* aurait mieux fait de prendre du bon temps avec sa petite femme, l'emmener au cinéma ou partager une pizza dans une *trattoria* au lieu de fouiller dans les urines et le sang des gens. Piquer, faire cracher et pisser ont allongé la vie des autres et raccourci sa vie. Il doit s'en mordre les doigts là où il est. Inutiles les regrets quand on ne peut plus se rattraper. Le passé, dit le proverbe, ne console pas du présent. Une vie cassée ne se raccommode pas, ne se recolle pas. On ne peut rien en tirer à part regarder les morceaux et se désoler.»

Yussuf compte faire un cadeau à Laure pour la dédommager. Il lui donne à choisir entre une chèvre, un parapluie ou une balade dans la vallée pour faire la connaissance d'Helena.

«Rencontrer plus malheureux que soi rend le malheur plus supportable.»

Un dicton à chaque situation, tous les arguments lui sont bons pour éloigner Laure du dossier de Luc qu'elle traîne comme un boulet.

Elle n'est pas venue à Malaterra pour recopier les notes de son mari mais pour les enterrer là où elles ont été écrites.

Les écrits de Luc devenus sa seule empreinte sur le monde après la perte de son enfant. De retour à la maison au bout de trois jours de silence, allait-il lui annoncer qu'il allait la quitter?

Sa clé dans la serrure fouillait le cœur de Laure, le creusait. La porte ouverte, Luc l'a soulevée, fait tournoyer en l'air, couverte de baisers. Son absence fut bénéfique. Il a découvert que les prisonniers et les poulets élevés dans des cages ont le même taux de sérotonine dû au même état dépressif.

Les recherches de Luc, sa vraie vie. Laure devait se contenter de sa carapace, la vêtir, la nourrir. Les chemises enfilées, les plats ingurgités à la hâte, il s'éloignait, s'éloignait. Le chercheur dévorait l'homme un peu plus chaque jour.

Les mêmes clameurs montent tous les soirs de la vallée. Appels de femmes, cris d'enfants, battements d'ailes d'oiseaux effrayés par l'obscurité soudaine, claquements de draps chassant les coyotes, arrivent morcelés aux oreilles de Laure.

Demain elle suivra le facteur vers les maisons enfouies entre deux façades de roc.

Demain elle rencontrera les femmes aux visages serrés dans des fichus de couleur aperçues sur le parvis de l'église.

Appels, cris, battements d'ailes deviennent vacarme dans sa tête et la renvoient à sa solitude quand les lumières s'éteignent d'un coup. Toute une communauté soudée par les mêmes habitudes et mêmes horaires telles pierres d'un même bâtiment alors qu'elle n'est qu'un caillou qui roule au gré du vent.

Demain, Laure mettra un visage sur celle qui lui a renvoyé les chemises de Luc après avoir vu sa mort dans le marc de café.

Celle qui attend le violeur de sa fille avec un fusil depuis vingt ans accueille Laure avec des youyous. Ce n'est pas tous les jours que la femme du *medico* français l'honore de sa visite. La main en porte-voix devant sa bouche, Helena appelle ses voisines qui appellent à leur tour leurs voisines. Elles affluent de toute part, échevelées, en babouches ou pieds nus, la font asseoir dans l'unique fauteuil, coussins sous les coudes, pieds sur un tabouret avant de réclamer d'une même voix des nouvelles de leur sang.

«Le toubib l'a-t-il regardé de près? Et qu'a-t-il vu de déplaisant? Laquelle d'entre nous vivra centenaire? Laquelle aura une vie courte? Qui s'enrichira et qui s'appauvrira? Helena retrouvera-t-elle sa fille un jour, et dans quel paradis? La *djenné* promise aux hommes est-elle accessible aux femmes qui ont souffert?»

Assimilent-elles le sang au marc de café?

Laure leur explique que le sang n'a pas

d'images, le sang est pareil au fleuve, il est l'âme des ancêtres qui coule dans les veines.

Hochements de tête compréhensifs.

À moitié convaincues, elles passent à Luc qu'elles appellent Luka.

A-t-il toujours sa longue aiguille qui pique d'un côté à l'autre du bras ? Aime-t-il toujours les cornichons en conserve de Maria et les poivrons farcis de Fila ? Et parle-t-il toujours avec sa pipe serrée entre les dents ?

Faire semblant d'ignorer son décès relève de la politesse, seule Laure est habilitée à la leur annoncer.

Elle s'en acquitte avec le sourire pour ne pas gâcher leur journée.

Mais elles semblent frappées par la foudre. Les visages assombris, elles gémissent, se lamentent, se jettent sur elle, lui tapotent les mains, lui frottent le dos, lui prêtent des mouchoirs alors qu'elles sont seules à pleurer.

L'affliction est-elle obligatoire dans ce genre de situation ?

Elles parlent de Luc en même temps, avec des hochements de tête désolés, l'évoquent entre rires et larmes : il aimait le raki, fumait le narguilé, jouait au trictrac avec les hommes, trichait.

Parlent-elles du même homme ?

Le Luc austère de Laure est bien terne comparé au leur : gourmand, facétieux, enjoué et jamais fatigué.

Dignes descendantes des rhapsodes, chacune y

va de son anecdote. Leurs rares rencontres avec Luc ont rempli leur vie alors qu'une cohabitation de dix ans avec elle tient dans un mouchoir de poche.

Que leurs souvenirs soient vrais ou fabriqués, Laure décide de s'y accrocher.

Il faut tout oublier pour faire surgir la mémoire, dit le proverbe et elle pose la question qui lui brûle les lèvres.

« Luc vous parlait de moi ? »

Bien sûr est la réponse collective. Mais vaut mieux interroger les filles, les mères ont une passoire à la place du crâne.

Presque aussi vieilles que leurs mères, les filles font de grands efforts pour retrouver les phrases de Luc sans le trahir.

« La femme du *medico* passait ses journées à se battre contre la poussière, dit l'une.

— Contre les microbes, enchaîne sa voisine.

— Contre le bruit, volets et vitres fermés en plein jour », crie une troisième avec des moulinets des bras.

Elles jugent Laure selon leurs propres critères, inventent, sûres que Luc ne peut les contredire :

« Incapable de préparer un narguilé, sa femme.

— ... ou de tordre le cou d'un poulet et de le plumer.

— Tournait de l'œil à la vue du sang.

— N'a jamais mangé un fruit directement de l'arbre.

— Ne faisait pas la différence entre un pain cuit au four et un pain cuit entre deux pierres.»

Le grief le plus grave gardé pour la fin :

«Boit de l'eau en bouteille, se méfie de la fontaine et du puits.

— La femme de Luka, une folle», crie une sourde qui ne sait pas qui est Laure.

Antigona a suivi le mouvement quand elle a vu les autres courir vers la maison d'Helena.

«Faites taire Antigona», entend-on fuser de toute part.

Antigona muselée, on console Laure avec le linge chaud des mots affectueux alors qu'elle refuse toute consolation. Se consoler revient à oublier Luc, à nier l'amour.

Émouvantes, épuisantes, elles veulent la garder à déjeuner et pourquoi pas à dîner et à passer la nuit dans la vallée, ce ne sont pas les maisons qui manquent, encore moins les matelas. Elle repartirait demain après le café du matin et la lecture du marc, Mariam le lit comme dans un livre ouvert alors qu'elle n'a jamais été à l'école.

Laure promet de revenir, de déjeuner chez les unes, de dîner chez les autres. Elle a besoin de rentrer, elle est fatiguée, très fatiguée. Elle doit nourrir les chats.

Regards compatissants. La femme stérile qui prend des bâtards poilus pour ses enfants suscite la pitié.

Elle se lève et elles se lèvent. Elle les remercie et elles se croient obligées de la remercier. Les baisers claquent sur ses joues, elle a hâte de se dégager des bras qui la serrent, des mains qui fouillent dans son sac pour s'assurer qu'elle n'a rien oublié. Les paquets entassés sur le seuil lui sont destinés. Rien que des produits de leur verger, elle pensera à elles en préparant l'*imam bayildi*, veut-elle la recette ?

Elle veut plutôt une figue du figuier d'Helena.

Les visages se referment, les doigts désignent une photo scotchée sur le miroir. Une fille ni belle ni laide mais lumineuse fixe Laure de ses yeux pâles.

Le visage de la fille d'Helena, tache de douleur et d'incompréhension sur une surface polie.

Arrivée dans un grand brouhaha, Laure les quitte dans un grand silence.

« Comment s'appelle la fille d'Helena ?

— Les morts n'ont pas de nom », grommelle Yussuf qui la précède sur le sentier.

Le facteur considère la mort de la fille moins importante que sa honte. Arriver ouverte à la nuit de ses noces aurait été la pire des humiliations.

Il reproche à Laure son compliment sur le figuier. Demander un fruit de l'arbre où sa fille s'est pendue a dû scier le cœur de la mère. Personne n'en cueille, personne n'en mange, les fruits laissés aux oiseaux.

La culpabilité écrase les épaules de Laure. Les sacs de légumes pèsent soudain lourd au bout de ses bras. Elle s'en déleste. Que Yussuf en fasse du *bayildi*. Elle ne mangera pas les légumes qui ont poussé autour de la tombe de la jeune morte.

Leurs chemins bifurquent sur la place, Laure laisse libre cours à ses larmes maintenant qu'il lui tourne le dos. Elle pleure Luc dans la fille qui n'a plus de nom, pleure en marchant, continue à marcher alors qu'elle a dépassé sa porte. Besoin urgent de voir de près la maison où la fille fut violée et pourquoi pas l'ours, un habitué des lieux avec l'espoir qu'il l'attaque et qu'elle lui crie dessus comme Helena avait crié lors de la maudite nuit. Frôler le danger, mourir. Tout sauf ce silence qui la remplit de l'intérieur.

La visite de Laure à Helena fait des remous dans la vallée. Les femmes qui l'ont palpée, gavée de sucreries et lui ont offert les légumes de leur potager la jugent bizarre. Impossible de la classer dans une case connue.

Elle n'est pas assez veuve puisqu'elle voyage seule et ne porte pas le deuil de son mari.

N'est pas célibataire pour qu'elles lui trouvent un époux.

N'est pas non plus une femme de mauvaise vie pour qu'elles la chassent à coups de pierres après lui avoir cassé un pied ou deux.

Laure ne ressemble qu'à elle-même : une femme qui ne fait rien de ses dix doigts à part manger et se laver.

Les femmes de la vallée creusent leurs méninges pour lui trouver une occupation qui ferait d'elle une femme fréquentable.

Impensable de lui confier l'éducation de leurs enfants, elle ne connaît pas leur alphabet.

Elle n'a pas la main verte, le géranium de son balcon est mort faute d'être arrosé.

Elle n'a pas l'étoffe d'une cuisinière puisqu'elle a refilé leurs légumes à Yussuf qui n'a pas su tenir sa langue.

Elle ne sait pas coudre non plus, son ourlet défait et le bouton qui manque à son chemisier n'ont pas échappé à leurs regards.

Les femmes de la vallée ont passé en revue tous les métiers, toutes les occupations et n'ont rien trouvé qui puisse convenir à Laure.

Surtout pas un salon de coiffure avec la tête qu'elle a, des cheveux raides comme fils de haricot et pas le moindre cran ou bouclette pour séduire l'œil d'un homme. Certaines vont jusqu'à se demander si elle sait lire et écrire, vu le travail qui l'attend depuis son arrivée et qu'elle renvoie de jour en jour.

Un dossier entier sur les habitants de Malaterra, dit la rumeur, aussi épais qu'un matelas de laine. Ils sont tous dedans comme Dieu les a créés : le sang, l'urine, aussi redoutables qu'un appareil photo.

L'ayant bien observée lorsqu'elle buvait leur café, les femmes de la vallée n'ont rien dit sur le moment et gardé leurs réflexions pour après.

Des bras trop maigres pour tirer un seau du puits ou une vache de l'enclos, trop faibles pour attraper une volaille, lui couper la tête, la plonger dans l'eau bouillante pour la plumer. Pas de cœur non plus. Les baisers sur leurs joues, cailloux picorés par une poule.

Elles fermeraient volontiers l'œil sur ses lacunes, si elle avait hérité des dons de guérisseur de son mari.

Conclusion : la femme du *medico* manque de personnalité et surtout de courage pour avoir mouillé de ses larmes le tablier de Mourad parce qu'un pauvre ours s'est gratté le dos sur sa porte. Aussi inoffensif qu'un poussin, Nono, tous les témoignages l'attestent. Hiberne la moitié de l'année. Personne ne sait où il repose son grand corps. Végétarien, Nono ne ferait pas de mal à une mouche.

Les femmes de la vallée lui reprochent surtout son manque de savoir-vivre. Arriver les mains vides chez une mère esseulée, c'est du jamais vu. Elle aurait pu cueillir une poire ou une pomme sur son chemin. Même une ortie aurait fait l'affaire.

Une femme qui se tourne les pouces à longueur de journée, c'est pareil à une jarre fêlée, une marmite percée, une cafetière sans manche, une bassine rouillée. Ne retient rien, n'est utile à personne.

« Seule Ruhié t'était favorable, conclut Yussuf le lendemain.

— Ruhié c'est qui ? »

La vieille vêtue comme une pute. Sa fille qui gagne sa vie à la sueur de ce qu'il ne veut pas nommer lui refile ses vieilles robes qu'elle porte pour leur odeur. Yarmila travaille en appartement avec pignon sur rue en plein cœur de Napoli. Elle se marie tous les jours, mais jamais avec le même homme, se vante Ruhié qui juge la virginité démodée, sa fille s'en était débarrassée à la première occasion.

Sa mère devait lui manquer pour arriver, il y a deux ans, dans une voiture remplie à ras bord de cadeaux.

Accueil inattendu, elle repartait le même soir, le visage en sang, un poignet cassé, sa robe déchirée et sa voiture cabossée de partout. Les femmes l'ont accueillie avec des pierres. Les enfants sautaient sur le capot et chantaient à tue-tête.

Yarmila *putana*.

Ricca *putana*.

Morta *putana*.

Réfugiée à la gare dans l'attente d'un train, la fille de Ruhié n'a pas assisté à la répartition de ses cadeaux. Aucune des voisines de sa mère n'était oubliée. Devenue perchoir pour les poules, sa voiture rouille dans un terrain vague. Ruhié continue à fréquenter les tortionnaires de sa fille mais sans leur adresser la parole. Son silence et les robes de Yarmila sur son vieux corps décharné, pire qu'une accusation. Une condamnation.

Facteur Yussuf n'a pas la conscience tranquille, il t'a révélé la moitié du drame d'Helena mais gardé l'autre moitié pour lui. La jeune fille n'avait aucune envie de mourir. Elle serait encore en vie à narguer le soleil de ses yeux pâles si sa mère ne l'avait pendue. Les cris de la petite remplissaient la vallée, butaient sur les parois de la falaise, retombaient sur la tête de sa mère devenue son bourreau. Elle la suppliait de lui pardonner, embrassait ses mains, embrassait ses pieds, promettait de ne pas recommencer, de ne jamais plus s'allonger sous le garçon, de ne faire confiance à aucun homme.

Devenue aussi sourde que son puits, Helena l'avait hissée jusqu'au figuier puis serré la corde autour de son cou avant de donner un coup de pied à la chaise. Le vrai coupable parti pour l'Australie, elle avait retourné sa rage contre sa fille. Quelqu'un devait payer.

Sa tâche accomplie, Helena avait lancé un you-

you qui ameuta tous les habitants de la vallée. Les premiers arrivés n'ont pas vu du sang mais une blancheur étincelante suspendue à l'arbre. On aurait dit du cristal ou une cascade d'eau gelée. Écartés ceux qui essayaient de la dépendre, seule sa mère avait le droit de la toucher. Elle l'avait allongée sur la margelle du puits, puis lavée comme on lave un bébé, dans tous les plis. Arrivée au pubis, elle avait frotté avec rage la goutte de sang gelée pareille à un rubis.

Pas de linceul, ni de cercueil pour la fille déshonorée mais un drap fraîchement repassé, la fille dans le bras de la mère aussi légère qu'une robe, qu'un panier pour aller à l'herbe. Helena croyait porter une morte alors qu'elle en portait deux. Elle-même plus morte que sa fille.

La petite enterrée dans un trou de son jardin, la mère dormit à plat ventre sur la terre retournée pour mieux écouter la respiration de sa fille.

Trois tourterelles l'attendaient sur son seuil à son réveil. Leur chant brutal était une accusation : Hohohohohoho sans cesse recommencé avec un «ho» final interrogatif alors qu'elle n'avait pas la réponse.

«Taisez-vous sales bêtes.»

Helena leur a crié dessus avant d'épauler son fusil et de tirer.

«Pan pan pan.» Les plumes déchiquetées tournoyaient en l'air avant de se poser sur le puits. Son eau depuis ce jour a le goût rouge du sang.

Helena nettoiera son puits une fois qu'elle aura tué le violeur.

Elle l'attend depuis trente ans quand le diable en culottes courtes jouait aux billes. Yussuf a bien compté. Sa lettre au maire annonce son retour. Elle traîne depuis trois jours dans sa sacoche. Il attend le septième pour la lui remettre. Ne lui conseillait-on pas de tourner la langue sept fois dans sa bouche avant de parler ? Mais c'était en d'autres temps quand il était enfant.

« Avant Rebibia. »

Laure demande à Yussuf si Helena sait pour l'Australien.

« Elle l'a su avant la lettre, aux crevasses apparues autour de la petite tombe. Inutile de les boucher, elles revenaient dès qu'elle avait le dos tourné. C'est comme si sa fille voulait sortir pour donner sa version des faits. Trente ans sous terre à broyer du noir dans le silence, elle a eu tout son temps pour grandir et réfléchir. Son témoignage risque de peser lourd si sa mère la laisse parler et si elle accepte de l'écouter. Or seules les pierres n'écoutent pas, les pierres n'ont pas d'oreilles. »

Canicule et honte d'accaparer la lettre du maire colorent en rouge le visage du facteur.

Sorti de prison, Yussuf a juré de devenir exemplaire. Sa sacoche de facteur à l'épaule et sa casquette sur la tête, il fait sa tournée même s'il n'a pas de courrier à distribuer. Les montées exténuantes, nourrir les chats sans maître ou être utile sont sa punition. Il expie la mort des élèves, celle de la chèvre. La chèvre, dit-il, revient dans tous ses rêves. Ses bêlements désespérés le réveillent en sueur. Il lui a même écrit un poème dans sa tête puisqu'il ne sait pas écrire. Il va t'en donner la primeur.

Une main sur le cœur, une autre pointée vers le plafond, facteur Yussuf récite d'une voix chargée de sanglots :

*Légère comme fleur d'amandier soufflée par le
   printemps
Blanche comme pluie sur le désert
Ta vie plus courte que l'éclair
La tua vita, la tua vita.*

La main de facteur Yussuf tombe d'elle-même à la fin du poème.

Nourrir les chats affamés, protéger les cinglés et aider Helena à venger sa fille est sa manière d'expier.

Voyant l'effroi sur le visage de Laure, il lui explique que seules les mains d'Helena tueront, pas son cœur.

«Helena qui l'a pris pour un tambour a tellement tapé dessus qu'il n'émet plus aucun son.»

Laure se sent moins veuve depuis sa visite à Helena. Les femmes de la vallée qui connaissent ses goûts et se rappellent ses moindres reparties sont les vraies veuves de Luc. C'est à elles de porter son deuil. Luc se détachait d'elle à mesure qu'elles l'évoquaient. Ses traits s'estompaient derrière les phrases. Son mari appartient désormais à celles qui le nourrissaient et le faisaient rire. À Helena qui l'hébergeait, lavait et repassait son linge, à Ruhié qui lui apportait du börek et du poivron farci, des plats albanais pour lui qui prétendait descendre d'une lignée de nobles albanais chassés du pays par le communiste Enver Hodja.

«*Medico arnaout*» déclaré d'un ton évident par la vieille Antigona l'avait troublée.

«*Arnaout*, c'est quoi?

— *Albanese*», fut la réponse criée par dix bouches à la fois.

Albanais celui qu'elle a toujours pris pour un

Français, grandi en France et qui fut embauché à SACLE, le temple de la recherche scientifique.

«*Arnaout*», un terme si laid, appliqué jadis aux mercenaires albanais enrôlés dans l'armée ottomane. Laure le rejetait malgré la photo de la maison de Gjirokastër. Alignée devant la bâtisse imposante, la famille au complet, trois filles à droite, le fils unique à gauche entouraient les parents. Monocle et barbiche taillée au carré pour le père, chignon bas et collier de perles pour la mère qui lui arrive à l'aisselle. Tous souriaient à l'objectif excepté le fils qui fixait un point en dehors de la photo, un sourire narquois aux lèvres.

«Selim Bey, Fakhria *hanum* et leurs enfants», écrit au dos.

Photo rescapée d'un pays coupé du monde pendant trois quarts de siècle. Le roi Zog chassé du trône et l'Albanie devenue un bastion du communisme, le fils nommé entretemps consul à Skopje s'était retrouvé sans emploi et sans papiers d'identité.

«Oublie-nous. Tu seras pendu si tu remets les pieds en Albanie, lui avait écrit l'homme au monocle dans une lettre confiée au nonce apostolique, le dernier à quitter Tirana. Prends le bateau pour Istanbul et va voir de ma part mon ami Nessib Bey à Beylerbey. Sa maison face au débarcadère est la plus haute de la rive asiatique.

Épouse une de ses filles, il te trouvera un emploi digne de tes ancêtres et de tes diplômes. Directeur de la Bibliothèque nationale, Nessib Bey est un homme influent.»

Son passeport devenu caduc, celui qui deviendra le père de Luc sonnait le lendemain à la porte du riche notable. Le *yale* de trois étages respirait l'aisance. Des rideaux de velours aux fenêtres, des tapis caucasiens au sol, des objets de valeur dans les vitrines. Deux jeunes filles émergèrent de l'obscurité naissante lorsque le père applaudit. L'aînée, une grande perche dénuée de grâce, lui tendit une main glaciale pendant que la plus jeune lui souriait de toutes ses fossettes. «Rikkat et Myra», précisa le père. La disgrâce et la grâce, pensa le visiteur, et son cœur bondit dans sa poitrine. Le dernier consul du roi Zog faisait sa demande en mariage le lendemain. Myra avait conquis son cœur.

«C'est Rikkat qu'on marie en premier», tonna le père.

Épousée début novembre alors que le Bosphore tapait avec rage sur les pilotis de la maison, Rikkat se retrouva enceinte et seule deux semaines plus tard. Parti à la recherche d'un travail à Genève où il fit ses études, l'époux qui n'avait que mépris pour l'Orient réapparut après la naissance de son fils. Que s'était-il passé au cours de la semaine passée sous le même toit que sa femme pour qu'il parte de nouveau, mais avec le bébé sous le bras ?

Trente ans loin de sa mère, Luc ne savait pas à quoi elle ressemblait. Sur les rares photos, le visage avait été découpé. Un trou surmontait une robe, des chaussures et des jambes maigres soutenant un corps épais. Confié à une nourrice puis aux jésuites, les pères devinrent sa vraie famille. Sa méfiance du couple remontait-elle à cette époque ? Travaillant en équipe mais vivant seul et sans jamais de liaison durable jusqu'à sa rencontre avec Laure venue assister à une de ses conférences. Épousée et installée chez lui où il atterrissait entre deux colloques, Laure était souvent seule. Un petit Luc entre ses hanches, elle se serait sentie moins délaissée.

Luc a-t-il fait un enfant à une femme de Malaterra ? se demande-t-elle pour la première fois, et un froid glacial la traverse de part en part. Demain dimanche, à la sortie de la messe, elle sondera jusqu'à l'os les visages de tous les enfants de dix ans à la recherche des traits de Luc. Le petit Luka à la face burinée par le soleil des Abruzzes plus utile à la mémoire de Luc que toutes ses études jamais reprises par d'autres chercheurs. Leur encre pâlie les rend illisibles.

« Les mains farineuses d'un boulanger valent bien celles couvertes de sang d'un facteur. »

Passé maître dans l'art d'alterner le chaud et le froid, Mourad enchaîne qu'il n'a rien à reprocher à Yussuf à part son mariage avec une fille d'une autre race, une Italienne. Une Gênoise à son bras, il marchait comme un paon, ne parlait plus que l'italien, les mots qui lui manquaient remplacés par des gestes. Il s'est pris pour un dictionnaire puis pour un *costruttore* jusqu'au jour où son école est tombée sur la tête des enfants.

Le pauvre vieux croyait s'en sortir à bon compte en payant l'impôt du sang. L'argent empoché, son avocat l'a enfoncé au lieu de le défendre. Des années et des années en prison. Passé la cinquième, Yussuf n'a plus compté. De retour au village, il errait comme un fou, avait des hallucinations. Ayant appris que les ongles des morts continuent à pousser sous terre, il voyait ceux des enfants morts par sa faute fendre le sol, s'allonger jusqu'à lui et le griffer. Les égratignures qu'il montrait étaient des stigmates. À la fois assassin et saint. Le Kosovar l'appelait Dante. Normal, il revenait de l'enfer. Le pauvre aurait mendié sur le parvis de l'église si le maire ne l'avait pas chargé de la distribution d'un courrier aussi mince qu'un mouchoir de poche. Ceux qui partent n'écrivent pas, ceux d'ici ne font pas confiance à un papier, la chaleur le ramollit, la neige efface l'écriture. Loin le temps où l'on pouvait dicter une lettre au Kosovar. Devenu vieux et acariâtre, il mélange deux langues dans une même phrase. D'ailleurs son encrier, de rage, s'est desséché, disent les mauvaises langues.

Laure rend au Kosovar *Orphée* qu'il lui a prêté lors de sa précédente visite.

Il lui demande si le livre l'a aidée à retrouver son mari comme Orphée a retrouvé Eurydice.

A-t-il oublié qu'elle ne lit pas le grec?

Il n'est pas nécessaire, dit-il, de lire un livre pour en connaître l'histoire. Les légendes circulent mieux à l'air libre, elles voyagent sur la voix, de bouche en bouche, de pays en pays. Les légendes n'ont pas besoin d'alphabet pour exister. Il faut regarder les pages comme on regarde une personne aimée, suivre les lignes du doigt sans essayer d'en déchiffrer l'écriture. Pareil à un animal familier, le livre a besoin d'être apprivoisé. Il faut le humer, le toucher, le caresser dans le sens du poil pour le connaître.

Inconscient du mal qu'il fait à Laure, il l'accuse de manquer de désir de retrouver son mari sinon elle aurait lu *Orphée,* même écrit en araméen ou en sanskrit. À moins que…

« À moins que... reprend Laure haletante.

— ... que tu doutes de sa mort. Son corps enterré, tu le soupçonnes d'être revenu à Malaterra pour retrouver Dieu sait qui, ce qui explique ta présence dans ce village de fous et ta visite à Helena pour lui tirer les vers du nez alors qu'Helena ne parle plus depuis que ses mains ont pendu sa fille à son figuier. Muette comme le bois de son fusil, comme la margelle de son puits, elle parlera après avoir tué puis pleurera en gros sanglots de mots.

Le bouquiniste ne cache pas sa déception. Il croyait Laure d'une autre trempe. Finalement ! Elle ne vaut pas mieux que ses deux amis le facteur et le boulanger, pas mieux que les Albanais de Malaterra, des amnésiques qui ont oublié leur langue. Des nomades qui errent dans leur propre tête.

Plonger leur pain dans le même plat n'en fait pas une communauté, un natif de Tirana n'a rien à voir avec un natif de Peshkopi. Le communiste Enver Hodja après l'Ottoman Ali Tepele les a éparpillés aux quatre coins du monde. Ils ont détalé comme des lapins. Ceux qui ont des jambes longues ont poussé jusqu'au Kosovo ou plus loin en Amérique, les jambes courtes ou Avrantis se sont arrêtés en Grèce et dans les Abruzzes. Les rumeurs leur arrivaient amplifiées. Tepelen vendait les Albanais bien portants comme esclaves sur le marché de Messine, tranchait la tête des vieux et des inaptes au travail, ses soldats violaient les jeunes filles, engrossaient les femmes. Le sang ruisselait dans les rues et les maisons. Enver Hodja, cinquante ans après, fermait les frontières. Le pays rétrécissait comme une laine lavée à l'eau bouillante, se refermait sur lui-même, devenait une prison.

Pourquoi le Kosovar lui raconte-t-il toutes ces horreurs ? Les Tepelen et les Enver Hodja ne font pas partie des préoccupations de Laure, n'ont pas tué ses ancêtres. Les études génétiques de Luc, son seul lien avec les Albanais. Et ce ne sont pas les quelques souvenirs inventés de toutes pièces par les femmes de la vallée qui feront d'elle une des leurs.

Pour ces femmes, elle est l'étrangère. Même le Kosovar la considère comme telle. Il vient de lui souhaiter bon retour dans son pays alors qu'elle n'a encore pas décidé la date de son départ.

La voyant désemparée, il lui demande de ne pas se méprendre sur ses intentions, il la garderait volontiers à Malaterra si la décision lui revenait. Ne lui a-t-il pas proposé de gérer ce qu'il appelle sa librairie sans débourser une seule lire ? Bouquiniste ! Une profession honorable, réservée aux érudits et aux gens du savoir, a-t-il souligné.

Le refus de Laure l'a-t-il blessé ? L'œil mauvais, il clame qu'Ismaël n'est pas rancunier, n'est pas hargneux, n'est pas méchant. Seules l'ignorance et la bêtise mettent Ismaël hors de lui. Le Créateur a mis à la disposition des hommes des centaines d'alphabets, ceux qui ont appris à lire et à écrire vont au paradis, les autres en enfer où des diables armés de pinces géantes attisent le feu avec les livres qu'ils n'ont pas lus.

«Et basta», fait-il et sa main frappe l'air par-dessus son épaule.

Il souhaite rester seul. Laure le comprend à son visage tourné vers le mur.

Le paquet ficelé par une cordelette est son cadeau d'adieu. Laure l'ouvrira loin de ses yeux.

Le paquet du Kosovar contient un parchemin. Debout au milieu du bitume Laure lit ceci :

Lorsqu'il t'arrive de mourir
tu dis :
l'obscurité n'effraie que la nuit
et les morts peureux n'ont qu'à rester chez eux
en retenant leur noire respiration.

En quoi ces vers la concernent-ils ?

Entourée de parois rocheuses, elle poursuit son chemin. Pas un seul arbre ou oiseau tout au long de son parcours, les Albanais des Abruzzes vivent six mois de l'année dans le sec et l'aride, et six mois dans le terreux et l'humide.

Sa décision est prise : demain elle fera sa valise, rendra la clé à l'agence. Demain elle reprendra le train pour Paris.

Du long discours du Kosovar, elle n'a retenu que son prénom : Ismaël.

Laure aurait mieux fait de garder les propos du Kosovar pour elle au lieu de les livrer crus au facteur.

Yussuf se dit indigné. Inacceptable qu'un Kosovar, donc communiste de naissance, sans ascendance ni descendance, musulman par-dessus le marché, critique des gens soudés comme les doigts de la main sous prétexte qu'ils empruntent des mots à leurs voisins italiens. Les habitants de Malaterra marchent entre deux langues comme les pigeons entre les gouttes de pluie, sans se mouiller ou s'enrhumer. Yussuf est plus qu'indigné. Il se dit offensé.

Le Kosovar n'est pas à sa première tentative de diffamation. Il y a deux ans, il a profité de la sortie de la messe pour nous inviter dans sa boutique. Il devait nous montrer quelque chose. À peine entrés, il nous a disposés en deux rangs : les petits devant, les grands derrière, comme à l'école, tellement serrés, personne n'osait bouger ou tousser.

Debout face à tous, il a sorti un crayon et prononcé le mot crayon, syllabe après syllabe, comme si on voyait le crayon pour la première fois de notre vie.

Croyant à un jeu, grands et petits ont répété crayon.

Il a recommencé avec une gomme, un plumier, ses lunettes, et pour finir avec ses babouches usées qu'il a brandies au-dessus de nos têtes. Ni une ni deux, les deux rangs se sont déchaussés et ont lancé leurs chaussures sur sa sale caboche. L'humiliation relevée, ils sont rentrés chez eux et ont déjeuné de bon appétit.

Première et dernière leçon. Personne depuis ce jour n'est entré dans sa boutique. Résultat, il a cessé de faire son ménage, cessé d'acheter et de vendre. Son magasin devenu une poubelle, on se pince le nez quand on passe devant. Pire qu'une poubelle, une tombe, ses livres écrits en langues mortes. Il n'y a qu'à attendre sa mort pour en faire un grand feu et sauter par-dessus les flammes. Mais le bougre ne semble pas pressé. Prend les années à l'envers, plus il en prend plus il en perd. Personne ici ne connaît son vrai âge. Personne ne sait compter au-delà de cent. L'idée de le faire passer de l'autre côté de manière artisanale, devenue une obsession. Quelqu'un, peu importe qui, a proposé de l'étrangler, un autre s'imputera le crime et tout Malaterra assumera les obsèques.

Ne pas lésiner : fleurs, cierges, chants grégoriens alors qu'il est musulman, même des pleureuses qui feront semblant. Le Kosovar enfoncé dans un trou, place au repas funéraire : un mouton farci pour que le défunt puisse brouter l'herbe de l'autre monde, des montagnes de pâtisseries pour adoucir son passage en enfer et de l'*ouzo* à volonté pour noyer son âme qui ne sait pas nager. Pendant ce temps, un autre personnage qui n'est ni l'étrangleur ni l'organisateur des obsèques va tout nettoyer. Jet d'eau, savon noir, eau de Javel, la poubelle transformée en bijou, en MAISON DE L'ARTISAN prononcé ARTANSINA par facteur Yussuf qui compte confier la direction à Laure.

Tu vendras tous les produits de la vallée : de l'eucalyptus pour ceux qui toussent, du séné pour les constipés, de l'hellébore pour les cinglés, du cannabis pour les excités, et pour les frileux, des gants, des foulards et des pulls de laine tricotés par nos femmes, l'ours Nono, emblème de Malaterra, en pleine poitrine.

« Tu garderas les bénéfices », insiste Yussuf, le seul à tenir à sa présence à Malaterra.

Helena ne pense qu'à trouer le cœur de celui qui a défloré sa fille et à lui couper ce qu'il a entre les jambes pour le jeter aux chiens. Le violeur enterré, elle pourra enfin jouir de son figuier, manger des figues jusqu'à s'éclater et faire avec l'excédent des confitures qu'elle vendra aux touristes qui affluent dès octobre sur l'étrange village où même les plus pauvres ont deux maisons et les ignorants parlent deux langues. Du jamais vu.

«Tous les habitants de Malaterra méritent le détour, clame le maire. Aussi solides que des chapiteaux romains, droits sur leur cul comme des jarres grecques alors que tout ce qui les entoure tombe en ruine : la montagne s'effrite, le fleuve s'enfonce sous terre, pluies et neige transforment le ravin en lac et l'esplanade en patinoire. Malaterra hiberne, son ours aussi.»

Retour à la vallée après le dégel. La glace qui se fissure a le tintement triste des clochettes des troupeaux. On balaie, on sèche, on replante. Helena retrouve sa fille à travers son figuier, les bras de la jeune morte se balancent dans les branches, sa salive donne son miel aux fruits. Ruhié étrenne de nouveau les robes affriolantes de sa fille et Milia, veuve sans le savoir, continue à attendre son mari. Les autres, toutes les autres sèchent des herbes sur leur toit, font des conserves avec les légumes et tricotent des choses chaudes pour le prochain hiver. Toutes les femmes de Malaterra sont veuves même celles dont le mari est en vie.

Vivre en bas est aussi épuisant que vivre en haut, dit Yussuf, mais aucune ne s'en plaint.

Tout ce qui touche à la fille d'Helena bouleverse Laure alors qu'elle ne connaît pas son nom, ni le son de sa voix. C'est son visage, ni beau ni laid mais phosphorescent à force de pâleur qui la retient à Malaterra. Elle repartira chez elle après le dénouement. Partira sans un seul regard en arrière, sans explications, sans adieux, ni promesses de revenir après l'arrivée de l'Australien. Ses volets fermés, la clé rendue à l'agence, ils comprendront qu'elle n'est plus là. Alourdi par sa sacoche, facteur Yussuf ne pourra pas la rattraper. Chevillé à son four, Mourad ne tentera pas un geste pour la dissuader. Le Kosovar cloué à son fauteuil la regardera s'éloigner. Dort, mange, chie dans sa boutique de peur d'être cambriolé, le Kosovar.

Mille et une raisons poussent Laure à quitter Malaterra et ses habitants.

Seul lien : le paysage qu'elle redécouvre différent chaque fois qu'elle le regarde. Le ravin ce soir est un lieu de pierres, de serpents et de maïs noir qui pousse sans l'aide de personne et que personne ne cueille, sa promiscuité avec ce qu'ils appellent une des sept portes de l'enfer en fait une nourriture pour le diable. Plus haut à un jet de pierre de la vallée, l'église, ses battants gonflés par l'humidité, ses vitraux obscurcis par les fumées des cierges, l'église jamais visitée par Laure fâchée avec un Dieu qui lui prit son mari. Le Kosovar, voisin mitoyen de l'église, dit que le plafond est tapissé de chauve-souris qui battent frénétiquement des ailes, provoquant un vacarme assourdissant dès que le curé sort l'hostie du tabernacle. Le plafond couvert de leurs fientes, elles se sentent chez elles, et font leur cirque, suspendues au-dessus des têtes des croyants qui ne les quittent pas des yeux.

Non ! Rien ne rapproche Laure des habitants de Malaterra. Ils la jugent maigre comparée à leurs femmes grasses et tout en rondeurs, avare parce que ses robes ne dépassent pas ses genoux, hérétique pour n'avoir jamais franchi la porte de leur église même lors de la cérémonie annuelle de l'assaut quand, enfermés pendant vingt-trois heures sans manger, sans boire, grands et petits font la chasse au diable avec le même geste de la main, la bouche susurrant le même sifflement : pst, pst, pst...

Elle a horreur de tout ce qu'ils aiment : l'ours, l'*imam bayildi*, le séné, le cannabis et l'impôt du sang. Même son groupe et son rhésus sanguins sont à l'opposé des leurs : A positif alors qu'ils sont tous O négatif.

La mort de Luc motive-t-elle sa présence parmi eux ?

Arrivé hier à l'improviste dans son rêve, sans frapper à la porte, sans même la saluer, il a fouillé dans son sac, dans sa malle, sous le matelas, même dans ses poches sans lui donner la moindre explication. Luc, elle a fini par le savoir, cherchait la clé du figuier d'Helena pour libérer sa fille de l'écorce. Il s'énervait, jurait l'avoir laissée dans cette chambre alors qu'il habitait dans la vallée lors de ses séjours à Malaterra. Luc savait qu'il mentait, c'était visible à son regard qui la fuyait alors que ses mains continuaient à fouiller. Son visage s'est illuminé d'un coup à la vue de son dossier.

« Nous sommes sauvés, nous sommes sauvés. » Il l'a répété deux fois. Venu sans ses lunettes, il a demandé à Laure de lui retrouver le chapitre sur l'ADN de l'arbre, le même que celui de la fille, précisa-t-il. « L'Australien arrive demain. Le temps presse. Helena a besoin de preuves pour le tuer. Moi seul peux les lui fournir. »

Il pressait Laure de retrouver le chapitre, la page, alors qu'elle n'avait qu'un seul désir : toucher sa main, toucher l'anneau jumeau du sien qui ceint son annulaire.

Avait-il deviné ses pensées ? Luc éloignait sa main dès que Laure s'en approchait.

Mêmes tentatives et mêmes frustrations que

de son vivant. C'est dans son destin de ne jamais le saisir.

Réveillée et les yeux grands ouverts, Laure continue son rêve et feuillette le dossier, sans conviction, sachant qu'il est impossible qu'un être humain et un végétal aient le même ADN et les mêmes gènes.

La montagne en face est noire. Elle monte, descend. La montagne respire. Elle a le profil soucieux de Luc quand il tournait les pages.

Entré dans son rêve sans effraction, elle conçoit sa visite comme un reproche. Elle n'aurait pas dû le poursuivre jusqu'à Malaterra, aurait dû réécrire ses notes au lieu de gaspiller son temps en vaines discussions avec le facteur, le boulanger, le Kosovar. Aurait dû laver son grand corps au lieu de confier cette tâche au gardien de la morgue qui a eu l'idée grotesque de teindre ses beaux cheveux gris en noir corbeau. Aurait dû visiter plus souvent sa tombe et l'aurait peut-être ramené à la vie en lui racontant son dernier retour de Malaterra en évitant de lui rappeler qu'il était mort. Mort et enterré dans un cimetière parisien alors qu'il se disait albanais. Mais comme elle ne voulait pas le croire. L'imposante maison à Gjirokastër, l'homme au monocle et sa femme endimanchée, le fils ancien consul d'Albanie à Skopje, l'apatride, époux malgré lui d'une femme non aimée, du romanesque, une fable, Laure avait du mal à l'accepter. Il a fallu la visite à Helena et le mot «*arnaout*» crié par toutes les bouches à la fois pour y adhérer.

L'air de la nuit aspiré à grandes goulées par-dessus la rambarde du balconnet calme les battements de son cœur. La maison d'Helena, la seule éclairée de la vallée. Lumière obligatoire pour éclairer le chemin de sa fille si jamais l'envie lui prenait de revenir. Paroles de facteur à prendre à la légère mais que Laure dans son désarroi ne met jamais en doute.

De retour au lit, ses pas résonnent étrangement sur le dallage. Seul son visage pleure sur l'oreiller. Elle-même ne pleure pas. Ne pleure jamais depuis dix ans alors qu'elle a toujours froid même en plein mois d'août, à Malaterra où même la montagne suffoque de chaleur.

Une voiture rouge ne peut passer inaperçue dans un paysage aussi crayeux. Elle suit le lacis de la route sans mordre le bord du chemin, sans verser dans le ravin. Laure l'accompagne du regard jusqu'au pied du talus où elle s'arrête dans une grande poussière. Des portières ouvertes s'extirpent deux silhouettes : un homme et un être étrange mi-adulte mi-enfant. Peut-être un nain. L'objet rectangulaire ficelé sur le porte-bagages puis déchargé avec mille précautions est un miroir.

Pourquoi un miroir quand il n'y a que le ciel à refléter ?

Un miroir, un nain et un homme pétrifié face à une ruine.

Ce qu'il voit n'est pas une maison mais un tas de pierres écroulées.

Demain, quand la rumeur aura fait le tour du village, certains diront l'avoir entendu pleurer alors qu'il n'a pas pleuré, ni ne s'est lamenté. Son désarroi exprimé par une grande pâleur.

Grande agitation dans la vallée. Les femmes échevelées courent de maison en maison. Les enfants et les oiseaux s'envolent dans tous les sens. Tous ont vu la voiture, le nain et l'homme pétrifié devant sa maison démantelée.

Laure dit homme alors que ceux qui le scrutent depuis le ravin, main en visière sur le front, l'appellent le garçon, l'Australien. Un garçon déguisé en homme d'âge mûr : cheveux blancs, costume blanc. Seule la voiture est rouge. Couleur du sang du viol de la fille ni belle ni laide mais lumineuse qui, au dire de sa mère, réclame son dû depuis trente ans qu'elle est sous terre. Tout Malaterra approuve Helena. Laure est la seule à désapprouver. Payer une déchirure en pièces de monnaie ne sortira pas sa fille du trou.

Le miroir adossé au seul mur debout est une excentricité, une gifle à ceux qui n'en possèdent pas, la volonté affichée de l'Australien de ne fréquenter que sa propre image. Sa lettre annonçant au maire son intention de créer une miroiterie pour donner du travail aux chômeurs, restée dans la sacoche du facteur. Personne ne le défend. Ennemi de tous. Il aurait mieux fait d'attendre la mort d'Helena pour revenir. Retrouver une maison quittée il y a des décennies lui a fait tenter le diable. Une ruine plutôt qu'une maison. Celles qui ont l'âme chevillée aux pierres s'écroulent dès que leur maître cesse de les regarder. Les années se bousculent dans sa tête. Il a quitté le village un soir d'automne, les tilleuls de la vallée étaient jaunes, une fine couche de neige, la première de la saison, crissait sous ses semelles, le geste d'adieu de sa mère qui l'exhortait à ne pas s'attarder, resté sur l'air telle aile arrachée d'oiseau.

« Ne te retourne pas, lui criait-elle. Et ne t'avise pas de revenir. Je te préviendrai quand je mourrai. »

Le nom et l'adresse du cousin albanais glissés au dernier moment dans sa poche le rassuraient. Un nom de sept lettres : Mikhaël, suivi de Durrés nom de son village natal en Albanie. Trouver Mikhaël de Durrés, propriétaire d'une miroiterie dans la jungle, à dix kilomètres de Sydney, est moins aisé que de trouver une aiguille dans une botte de foin.

Malaterra quitté fin automne retrouvé début septembre n'est pas le même. La maison de son enfance non plus. Une herbe acariâtre a poussé entre les murs. Ronces, épines, échardes à vue d'œil. Les pierres jadis jaunes ont blanchi, ossements éparpillés du squelette de la maison morte.

Il parle à Laure de l'autre côté du seuil, en anglais, comme s'il savait qu'elle n'est pas d'ici.

Il a besoin d'eau, de beaucoup d'eau pour boire et se laver. Son compagnon et lui ont roulé toute la nuit, pris le chemin le plus long, se sont perdus, Malaterra n'est mentionné sur aucune carte.

Non! Ils n'ont besoin ni de pain ni d'œufs ni de café mais d'eau. Ils feront leurs courses demain.

«Y a-t-il un *market* à Malaterra?»

Elle dit qu'il y a un boulanger et un bouquiniste.

Il sait pour le bouquiniste, il existait de son temps, mais pas pour le boulanger. Les femmes faisaient elles-mêmes leur pain.

Son seau rempli à ras bord, il s'excuse de l'avoir dérangée. Il reviendra demain avec des fleurs pour la remercier.

Faut-il lui rappeler que la terre de Malaterra ne produit que l'utile et le strict nécessaire, des légumes, les fleurs laissées à ceux qui habitent la ville?

Visible à travers le jour qui décline, son étrange compagnon sautille tel un coq, de pierre en pierre, photographie tout ce qui tombe sous son regard, clic clac, clic clac, même les nuages de plus en plus noirs. Il va pleuvoir cette nuit. La pluie habituelle de septembre. Rien à craindre, ils disposent d'une tente. Ils ont tout prévu, même une table pliante ouverte en un tournemain par le pseudo-photographe, deux chaises et sur la nappe amidonnée un chandelier en argent à cinq branches. Le vent fait danser les flammes. Debout derrière le siège de son maître, une serviette impeccable autour du bras, le majordome propose un plat, sert, retire l'assiette sale, la remplace par une autre, en belle porcelaine, surveille les bougies, allume celle qui s'éteint. D'un phonographe posé sur une pierre surgissent les supplications de *La Sonnambula* de Bellini.

> *Ah! non credea mirarti*
> *si presto estinto, o fiore,*
> *passasti al par d'amore*
> *che un giorno solo duro.*

La voix de la cantatrice frappe Laure en pleine poitrine. *La Sonnambula*, opéra préféré de Luc. Il l'écoutait en boucle quand il déprimait.

Laure voit le phonographe, l'homme, le domestique et le chandelier à travers le miroir. Gestes raffinés de l'homme qui mange, gestes mécaniques de celui attentif à ses moindres désirs. Ils discutent entre eux alors que Laure est muette dans ce miroir.

La cantatrice s'étant tue et le repas ayant pris fin, une première goutte de pluie tombe sur le front de l'homme, ses yeux scrutent le ciel puis les maisons aux volets fermés avant de s'arrêter sur ceux de Laure, les seuls ouverts. Il se lève et se retire sous la tente, la banquette arrière de la voiture laissée à son domestique.

La pluie, la première depuis le début de l'été, tombe peu après minuit. Laure pense à celui qui dort sous sa tente et son cœur se serre jusqu'à l'étouffer.

Le matin la retrouve à sa fenêtre. L'homme et son domestique ont disparu. Son sommeil était-il si lourd qu'elle n'ait pas entendu la voiture démarrer ?

Seul le miroir témoigne de leur présence hier, sinon elle se serait crue l'objet d'hallucinations. Un vautour apparaît dans un angle, furieux et décidé il pourchasse une famille d'hirondelles, rompt la symétrie de leur vol, y sème le désordre. Laquelle d'entre elles sera sa proie ?

Helena surgit chez Laure et l'accuse de protéger celui qui a pourri sa vie.

« Tu lui as donné à boire et à manger, tu as chanté pour agrémenter son dîner. » Elle a entendu répéter : « *Addio, addio mio amore.* »

Laure est si ébahie qu'elle la laisse faire lorsque celle-ci se met à fouiller la chambre à la recherche d'indices. Mêmes gestes fébriles que Luc cherchant la clé du figuier.

Cherche-t-elle l'Australien sous le lit de Laure ? Ne l'ayant pas trouvé, elle s'accroupit à même le sol et éclate en sanglots. Laure qui ne sait comment la consoler ment. Elle jure avoir vu sa fille en rêve. Rayonnante de bonheur. Elle l'a chargée d'un message pour sa mère. Elle lui demande de pardonner à l'Australien et de manger toutes les figues de son arbre, les pourries laissées aux oiseaux. Entourée de figuiers maternels, là où elle se trouve, elle ne manque de rien.

Son index vissé sur sa tempe, Helena réfléchit. Sa voix parvient à Laure de loin comme du fond d'un puits :

« Je ne sais pas si ton rêve est un rêve ou si tu

l'as tricoté de tes mains qui ne savent qu'écrire des mots à l'endroit et des mots à l'envers. Mais il faut être né du même trou que l'ours pour te croire. As-tu un autre rêve à me vendre?» lance-t-elle avant de claquer la porte derrière elle.

Une ennemie de plus, se dit Laure désolée.

Adieu le rideau promis, cousu sur la machine à coudre transportée à dos d'âne ou sur celui du facteur. Adieu les provisions pour l'hiver si jamais l'envie la prenait de prolonger son séjour à Malaterra.

Helena comptait sur la fenêtre de Laure pour surveiller le violeur de sa fille, pour le cibler. C'est de sa fenêtre que la balle partirait.

Habile tacticienne, Helena avait tout prévu et expliqué son plan dans les moindres détails.

Inviter l'Australien à partager un narguilé. Une pincée de cannabis dans le tabac, vous vous passerez le tuyau en discutant de choses et d'autres. Une bouffée pour lui, une bouffée pour toi, il n'entendra pas le coup partir.

«Et si la balle m'atteint?
— Impossible si tu ne bouges pas.»

Voyant Laure hésiter, elle s'est emportée.

«Oui ou non tu es mon amie! Oui ou non tu as mangé mes concombres et mes tomates farcies? Oui ou non tu compatis à ma peine?
— Compatir ne veut pas dire tuer», a osé Laure.

Réflexion mal accueillie.

Qui parle de tuer? Helena n'a jamais eu l'intention de tuer. Elle veut simplement discuter d'égal à égal avec ce type, mettre fin à un malentendu qui a trop duré, le fait qu'il soit assis face à toi facilite la discussion. Dans le cas contraire, Helena rate sa cible, la balle va dans le mur.

Laure raconte à facteur Yussuf la visite d'Helena, la colère d'Helena.

Mais il ne la croit pas. Un méchant panaris empêche Helena de sortir. Elle se sent diminuée et s'enferme chez elle. Ne sortira que pour tuer. Quand elle pourra presser sur la gâchette.

Laure est muette d'horreur.

Prend-il son mutisme pour de l'approbation?

Il s'enhardit et lui demande si elle a l'intention d'épouser l'Australien pour que Yussuf rende la clé à l'agence.

Quoi dans ses agissements a-t-il pu lui faire croire à cette éventualité?

L'eau, fait-il d'un ton impératif. Il ne fallait pas lui en donner. On commence par donner de l'eau, le cœur suit.

Le rire de Laure l'humilie. Autant le traiter de maboul alors qu'il s'inquiète pour son avenir.

Oui ou non va-t-elle s'installer chez l'Australien pour que Yussuf décide pour la clé?

Il lui rappelle pour la forme que ce que l'Australien appelle sa maison n'est qu'une tente sans les moindres commodités alors qu'elle jouit ici d'un robinet et d'un siège de toilettes.

Laure est prévenue. Elle ne devra plus compter sur lui si jamais elle déménage. «Que l'autre donne à manger aux chats.»

Changer de sujet, lui demander des nouvelles de ses enfants ne le rend pas moins acerbe.

Mieux vaut parler de belles choses, réplique-t-il. Mes enfants sont laids, plus laids que le crapaud, que le rhinocéros et que le gibbon.

Facteur Yussuf est bien maussade aujourd'hui. La raison de sa tristesse est là, dit-il. Et son poing tape sa poitrine avec force. Il a le mal du pays.

De quel pays ?

Rebibia est la réponse, dite d'un ton évident.

Yussuf, un esclave libéré qui a la nostalgie de ses années d'esclavage.

Qu'aurait fait Luc à sa place ? Quelle décision aurait-il prise ? Aider Helena revient à être complice d'un meurtre.

Devenu ce qu'il est devenu, Luc est incapable de la conseiller. Luc, un tableau noir où tout est effacé. Ses os n'ont pas retenu les sujets A, B, C, n'ont pas retenu leurs groupe et rhésus sanguins, ni leur ADN. Aucun de ses collaborateurs n'a repris ses analyses. Aucun biologiste ne s'est penché sur ses éprouvettes. Les Albanais qui avaient fui les Ottomans puis le régime soviétique d'Enver Hodja pour se fixer sur une montagne des

Abruzzes n'intéressaient que lui. Sa passion pour ces gens exaspérait Laure. Les caisses marquées « Malaterra » expédiées au laboratoire le lendemain de son enterrement, jamais rouvertes, leur contenu périmé et les notes de Luc aussi indéchiffrables qu'Helena, Yussuf, Ismaël et Mourad. Vus de son balconnet, ils sont aussi minuscules que des lettres d'alphabet.

La nuit venue, ils disparaissent dans la marge.

Archaïques, racistes, prisonniers de leurs coutumes et de leur sang qu'ils font couler au moindre différend. Les yeux soulignés de khôl séduisent. La main armée d'un poignard tue. La dette de sang inscrite dans leurs gènes.

Facteur Yussuf raconte à Laure Rozafa qui a vendu son mouton et son coq pour pouvoir acheter un revolver et un billet de train pour Milano et tuer la blonde vue au bras de son contremaître de mari. Rozafa purge cinq années de prison mais elle ne partage son mari avec personne.

Étrange que Luc n'ait pas détecté le germe du crime dans l'ADN de Rozafa ou celui de la vengeance dans celui d'Helena. Le sang des Albanais des Abruzzes, riche en orgueil. Pas de tolérance pour celui qui marche sur votre fierté ou piétine votre dignité. Seule sa mort efface l'affront.

Lors de ses nombreux séjours à Malaterra, Luc a dû déployer des tonnes de diplomatie pour ne jamais les froisser. Six caisses de susceptibilité, d'exaspération, de crispations et de haines encombrèrent l'entrée de leur appartement parisien. Tant de voyages pour une vie si courte. Peut-être est-il en Chine ou en Alaska alors qu'elle le croit mort. Peut-être l'attend-il à Paris et qu'il a mis la maison sens dessus dessous pour retrouver son fameux dossier. Rentrer chez elle devient impératif. Luc a besoin de son aide, elle seule peut lui rendre ses notes; le dénouement du viol commis il y a trois décennies ne doit en aucun cas la retenir à Malaterra.

Elle dit au facteur que l'Australien et le nain sont partis.

Il répond qu'ils reviendront car seuls les fleuves ne reviennent pas sur leur parcours.

Elle dit au boulanger que l'Australien et le nain ont disparu. Il répond que ce qu'elle appelle l'Australien est un enfant du pays et le nain un homme comme un autre et qu'une petite taille n'empêche pas les sentiments.

Elle dit au Kosovar que le fils du pays et l'homme de petite taille ont quitté le village, il répond qu'ils réapparaîtront un jour ou l'autre, l'essentiel laissé derrière eux : le miroir, tout habitant de Malaterra s'y verra dans sa réalité. Helena en mère tueuse, Yussuf en prisonnier heureux, le boulanger en Hadès, dieu des Enfers à force de s'empoigner avec le feu.

Et les autres ? Tous les autres ?

Des cailloux qui roulent sur la pente. Le caillou ne retient rien de son parcours, ne sait pas qu'il est un caillou. Des ignorants! N'ont jamais lu un livre. Lisent le marc de café et les lignes de la main. Ne savent pas qui est Ulysse. Homère pour eux est un pêcheur de la mer Égée.

Et moi?

La question de Laure embarrasse le vieux bouquiniste.

Une errante entre deux mondes. Moitié sous terre et moitié sur terre. Allez savoir laquelle est la plus morte des deux. Une femme désertée, ajoute-t-il avec l'intention de blesser, s'accroche aux bavardages, commérages et superstitions pour remplir son vide. Venue à Malaterra pour tuer le temps, le tuerait avec un fusil si elle en avait un, à moins qu'Helena ne lui prête le sien. Mais le fusil d'Helena ne contient qu'une balle, destinée à qui tu sais. Certainement périmée.

Sa tirade terminée le Kosovar lui apprend que le maire a essayé de raisonner Helena qui l'a écouté sans l'interrompre avant de déclarer qu'elle ne tuera pas l'Australien avant d'avoir perçu la dette de sang due à sa fille. Il bénéficie donc d'un répit.

«Une sangsue, elle veut l'ours et la peau de l'ours ce qui est contraire à la *bissa*.»

Dit le Kosovar.

«C'est quoi la *bissa*?»

Le prix d'une vie, une chasse à l'homme, une course contre la mort entre la famille de la victime et le meurtrier qui a intérêt à payer l'impôt du sang au gardien de la tour avant qu'il ne soit rattrapé. Acquitté de sa dette, il pourra les regarder dans le blanc des yeux, même les narguer.

Pratiquée loin de l'Albanie la *bissa* a perdu tout son panache, se désole le facteur. Pas la moindre tour à Malaterra, personne à attraper, cette nouvelle génération ne sait pas courir. On discute comme des épiciers, on paie, on crache trois fois dans sa main avant d'empocher l'argent et de taper sur l'épaule du tueur. Ni vainqueur ni vaincu quitte à recommencer au moindre désaccord.

Le grand écrivain Ismaïl Kadaré raconte cette poursuite dans *Avril brisé*. Un homme essaie de semer ses poursuivants. Il entend leurs pas dans son dos, leur souffle sur sa nuque. La tour est à portée de son regard, va-t-il l'atteindre et payer l'impôt qui le blanchira avant qu'il ne soit tué ? Laure, qui a oublié la fin, fait appel à la mémoire de Yussuf. Mais Yussuf n'a jamais entendu parler d'Ismaïl Kadaré, ni d'*Avril brisé*, Yussuf n'a lu que deux livres : *Le Colonel Chabert* et *Crime et Châtiment*.

« À Rebibia on ne lisait que Dostoïevski et Balzac. »

Il connaît par cœur le *Colonel Chabert* qui a eu les mêmes malheurs que l'Australien. De retour chez lui après des années d'absence personne ne l'a reconnu. Chassé comme un chien par sa femme, par ses domestiques.

Laure apprend par la même source que le maire a conseillé à l'Australien de s'éloigner le temps nécessaire à Helena de mourir de mort naturelle mais celui-ci a refusé. Il a assez attendu. Les pierres écroulées de sa maison vont finir par s'émietter. La photo racornie et tachée de gras extirpée de son portefeuille fait état de quatre murs extérieurs et deux fois plus à l'intérieur. Les ouvertures parlent de huit fenêtres et d'une porte. Il veut reconstruire à l'identique, avec le même paysage. Sa mémoire a retenu une montagne, une vallée, un ravin mais gommé la fille morte par sa faute, comme on le lui a dit.

L'a-t-il vraiment violée ? Quel était son nom ? Où habitait-elle ? L'Australien a tout oublié. Il ne réfute pas l'accusation, ni ne la confirme. Il ne demande qu'à comprendre pourquoi sa mère qui tenait tant à lui l'a poussé, il y a trente ans, dans un train vers Rome d'où il embarquait la même nuit pour l'Australie. Une Australie pas plus large que la paume d'une main et à un jet de pierre de l'Albanie, vue sur la carte. Il s'attendait à une traversée de quelques heures. Trente jours entre mer et ciel. Le bateau s'était peut-être égaré, le commandant avait cassé sa boussole. Voyageurs et équipage condamnés à faire indéfiniment le tour des océans. La peur d'errer jusqu'à la fin des temps lui donnait la nausée. Accroupi dans un coin du pont, il vomissait de la bile, vomissait des images de son enfance, vomissait Malaterra et sa mère dont la mort, un an plus tard, ne lui fit aucun effet. Pourquoi lui annonçait-on avec tant de ménagement le décès de cette femme ? C'est un homme neuf, sans souvenirs et sans passé, qui fut accueilli par le riche Albanais qui offrait le gîte et le couvert à tous ses compatriotes puis les embauchait dans son usine de miroirs. Les coutumes albanaises le voulaient.

L'Australien a comparé la ruine à la photo comme Laure l'a fait des notes de Luc aux Albanais. Créatinine, catécholamines, hydroxy-corticostéroïdes qui représentent Yussuf, Mourad, Ismaël, Helena et tous les autres, ne font pas du premier un bon facteur, du deuxième un boulanger qui ne crache pas dans ses mains, du troisième un vrai bouquiniste et de la dernière quelqu'un de tolérant. Helena veut la chose et son contraire : tuer et empocher l'impôt du sang.

«Ce n'est pas parce que le chien a quatre pattes qu'il peut courir sur deux chemins à la fois», dit Yussuf dans un soupir.

Il plaint le maire qui essaie de désamorcer la crise.

Il est vrai que ta maison s'est écroulée, il a dit à l'Australien, mais dis-toi qu'elle jouit toujours de la même vue. Personne n'a écorné ta montagne, personne n'a touché à un seul cheveu de ton nuage ou piétiné ton ciel. Devenus deux ciels, deux nuages, deux montagnes dans ton miroir alors qu'Helena qui croupit au fond du ravin n'a même pas un miroir de poche pour pouvoir regarder son amertume dans le blanc des yeux.

Éloigne-toi. Donne à cette femme le temps nécessaire pour mourir de mort naturelle et ne compte pas sur moi pour te protéger si tu persistes à vouloir redresser la ruine. Être maire d'un village de tordus, buveurs de sang, ne donne pas la force de remettre à l'endroit ce qui de tout temps est à l'envers.

A dit le maire.

Laure se retourne toute la nuit dans son lit et se pose les mêmes questions.

Pourquoi Luc s'était-il intéressé à la génétique des Albanais de Malaterra alors que ceux de Castel Notta sont mieux intégrés et surtout moins fantasques ?

Pourquoi n'a-t-elle pas lavé et habillé son corps au lieu de laisser cette tâche au toiletteur de la morgue ?

Pourquoi a-t-elle donné sa montre, même marque et même forme que celle de l'Australien, aux frères Emmaüs au lieu de la garder ?

Pourquoi l'Australien s'entête-t-il à redonner vie à des pierres mortes ?

Pourquoi n'a-t-elle pas offert des fleurs à Helena lors de sa visite ?

Pourquoi le Kosovar vend-il des livres anciens que personne n'achète et pas des fruits et des légumes ?

Pourquoi facteur Yussuf n'a-t-il pas une bicyclette comme tous les facteurs dignes de ce nom ?

Et pourquoi n'a-t-elle pas emporté une laine dans sa valise alors que le temps commence à refroidir et son départ de Malaterra est renvoyé de jour en jour ?

Les stridences désespérées d'un merle rayent la vitre. Sa tribu partie vers le sud, il vivote au pied de l'arbre pétrifié avec une patte cassée et une plaie béante au flanc. Laure qui s'est aventurée hier dans la maison écroulée aurait dû le hisser jusqu'à son nid mais elle manquait d'énergie pour se consacrer à un autre désarroi que le sien.

Un oiseau seul, un arbre seul, et un seul mur face à sa propre solitude.

L'Australien n'a retenu de Malaterra que quatre murs extérieurs et huit intérieurs. Les semaines passées en mer l'avaient rendu amnésique. Il aurait oublié le nom et l'adresse de son hôte sans le papier glissé dans sa poche par sa mère qui lui criait : « Ne reviens pas avant que le sang de la fille ne sèche sur tes semelles. »

En contrepartie de son hospitalité, son bienfaiteur lui demandait de l'écouter et au besoin de le corriger ; grande sa crainte d'avoir oublié la langue du pays. Les mots ont-ils survécu à l'occupation ottomane et au communisme ?

Il creusait sa mémoire comme une terre sèche à la recherche de l'objet et du mot qui le dit. Son invité n'avait qu'à hocher ou à secouer la tête approuvant ou désapprouvant. De cet affrontement entre ce que voit l'œil et ce que dit la voix il en déduit ceci : peu de mots ont résisté au déracinement, à deux guerres mondiales. Les mots des va-nu-pieds, des nomades, des gens du voyage, prennent la couleur des pays traversés.

Néna imé ou mère en albanais devenu *mamma*, *nijé burré* ou homme, devenu *uomo*, *nijé* ou femme devenu *donna*, *falemindrit* devenu grace, *végéter* devenu vieux, *pranvera* devenu *primavera*. Seul avril gardait un peu de ses origines : *april* desserrait les mâchoires du vieillard.

Rituel immuable, le dîner expédié, la table débarrassée par une domestique sourde et à moitié impotente, le vieillard harcelait son hôte. Comment appelle-t-on l'âme en albanais ? Et y a-t-il un mot pour la désigner ?

Que répondre quand on n'a jamais rencontré une âme ni croisé le moindre esprit ? Des sueurs froides surgissaient de tous ses pores quand la domestique partait avec les assiettes sales les laissant seuls.

Il arrivait à Mikhaël de Durrés de chanter, c'était du moins ce qu'il croyait faire alors qu'il maugréait le même refrain vieux de cent ans qui parle d'une lune rouge, d'une tresse de cheveux blonds coupée et posée sur les genoux de l'aimé. Il s'emportait lorsque le jeune homme oubliait d'applaudir. Ses colères levaient des tempêtes dans le ciel, nourrissaient la colère des éléments, déclenchaient des averses, des orages. Son invité ne se défendait pas quand il le traitait d'escroc qui aurait inventé des liens de parenté pour lui soutirer le gîte et le couvert, ou même d'assassin qui aurait du sang sur les mains. Il lui reprochait surtout d'avoir dévié leur belle langue albanaise de son parcours et son incapacité à lui rendre le goût des choses de son enfance : des baies rouges arrachées aux buissons, de l'eau du ruisseau bue au creux de la main visage tourné vers le ciel, du pavot qui calme les coliques des nouveau-nés et fait croire aux vieux qui somnolent face à l'âtre qu'une femme à la peau laiteuse les attend dans leur couche.

Colères brèves comme feu de résineux. Son invité prenait la fuite, errait toute une nuit, nuque courbée sous la pluie. Les orages allumaient dans sa tête des instincts de folie. Impensable qu'une langue puisse susciter une telle passion. Une langue c'est pareil à la soupe du pauvre, on y balance tout ce qui tombe sous la main. Une langue doit mourir pour ressusciter, doit être partagée pour se multiplier et grandir, pensait celui qui ne partageait rien avec personne. Pas le moindre ami, son reflet dans les miroirs qu'il biseautait, son unique compagnon jusqu'à sa rencontre avec Maria.

Son enfer, dit-il, prit fin avec la découverte chez un bouquiniste syrien d'un dictionnaire albano-anglais. Un gros livre à moitié rongé par les mites. Il apprenait cinq mots par jour et les débitait à son bienfaiteur qui en était ébloui. Inversées du jour au lendemain, leurs relations prirent une tout autre tournure, il devint le maître, et le vieillard l'élève. Il le rabrouait, le traitait de paresseux quand son hôte prononçait mal ou qu'il ne répondait pas assez vite. Plus il se montrait sévère plus son ancien tortionnaire l'admirait. Le dictionnaire digne d'une poubelle le vengeait de toutes les vexations, de toutes les humiliations. Son ascendant sur Mikhaël de Durrés devint si grand que celui-ci en fit son unique héritier.

Il mourait peu de temps après. Entre ses mains jointes dans un geste pieux, le jeune homme glissa le fameux dictionnaire.

« Maria c'est qui ? »

Faut-il prendre pour une réponse sa main qui frappe l'air derrière son épaule ?

« Qui est Maria ? » insiste Laure.

Maria c'est la silhouette en velours rouge et cheveux rouges sur la chemise d'un disque, un incendie longiligne alors que sa main sur sa gorge est une coulée refroidie de cire. Maria, une voix écoutée comme on se goinfre dans le but d'en être dégoûté, sa femme entre deux tournées, épousée comme on se jette, tête en avant, dans un puits. Elle ne supportait pas les reproches ni les récriminations ; les larmes uniquement admises sur scène. Elle s'ennuyait au lit et lui interdisait de jouir en elle depuis la naissance de son garçon, né de sa liaison avec un baryton.

Absente depuis des mois sans donner de ses nouvelles, elle descendit du taxi sans donner d'explications.

« Tiens ! je te l'offre. Il est désormais ton fils »,

lui avait-elle lancé en lui mettant le bébé dans ses bras avant de courir vers sa chambre pour déballer ses valises.

Une nouvelle grossesse pouvant nuire à sa carrière, seules les caresses étaient admises. Elle prêtait son corps laiteux à ses mains, à ses lèvres.

Bannie du jour au lendemain l'austérité prônée par le vieux miroitier. Maria voulait tout en même temps. La maison aux allures de palais, l'orchestre qui l'accompagnait quand elle chantait, les convives qui devaient l'applaudir. Occupé à jouer Gatsby, il n'a pas vu la ruine venir. L'usine fermée, des centaines d'ouvriers en colère, il a fui comme il l'avait fait trente ans auparavant. C'est dans son destin de fuir. Seul Bono l'a suivi. Bono a élevé son fils. Il est aborigène.

Dernier témoin de sa vie de nabab, le miroir. Il le suit dans tous ses déplacements.

« Maria s'y mirait. » Un argument de poids.

Délire-t-il lorsqu'il affirme y avoir capté l'image de sa femme ?

« Elle ne bougeait pas. Aussi rigide qu'une morte. Je suis aussi veuf que vous avec la différence que vous savez où est votre mort. Je n'ai pas cette chance. »

En verve de confidences, il raconte entre rire et larmes l'arrivée à Sydney de sa belle-mère qu'il croyait morte. Hautaine, dédaigneuse de tout ce qui n'est pas romain, la *contessa* italienne lui donnait à baiser sa main chaque fois qu'ils se croisaient. La décoration de la maison jugée vulgaire, elle fit venir de Milan un décorateur passionné des *Mille et Une Nuits*. Les paons faisaient la roue sur ses murs, des femmes lascives s'éventaient sous son plafond tendu de plissé de soie, un bouc en rut lutinait une vierge effarouchée sous un amandier en fleurs. L'artiste peignait et la *contessa* commentait : le baobab, c'est l'arbre duquel descend son gendre, expliquait-elle aux visiteurs, les singes ses frères, les hétaïres des putes albanaises.

Humiliée de vivre à sa charge, elle le rabaissait, le traitait de cocu, de faux chrétien, de faux père d'un bâtard, de nouveau pauvre après avoir été un nouveau riche.

Chose étrange, plus elle le rabaissait plus il jubilait. Un sentiment d'allégresse proche de l'exaltation s'emparait de lui dès qu'elle dévidait son chapelet d'humiliations. Il lévitait comme saint Antoine dans le désert, sourd à la bouche qui s'ouvrait et se refermait sans qu'aucun son n'en sorte, souriait avec douceur, se retenait pour ne pas exploser de rire. La *contessa* s'inventait des souffrances : sa villa de Rome vendue pour une bouchée de pain afin de payer les leçons de chant de sa fille, ses bijoux bradés pour on ne sait quelles raisons; les souvenirs on le sait sont les plus belles des inventions. Le mariage de sa fille avec ce type lui restait en travers de la gorge. Elle ne comprenait pas ce choix, lui non plus c'est comme si le soleil avait épousé une sauterelle. L'Australien et sa belle-mère partageaient la même certitude et mêmes bouteilles de vin dès la tombée de la nuit. La dernière bouteille essorée et leurs jambes ramollies incapables de les mener à l'étage, ils s'endormaient assis sur le même canapé, la tête de la *contessa* sur l'épaule de son gendre, et parfois l'inverse quand prenait l'envie au gendre de changer de côté. Unis par la même fêlure et même absence de Maria qui les noyait, maigre consolation, sous les coupures de presse relatant tous ses faits et gestes.

Un concert à Milan suivi d'un week-end à Venise sur le bateau d'un industriel allemand, un concert à Londres et un week-end dans le château d'un lord anglais cousin de la reine, un dernier concert à Pékin puis trois jours à Macao invitée par le propriétaire de plusieurs casinos. Elle qualifiait ses plaintes de jérémiades, de caprices d'enfant lorsqu'il lui arrivait de téléphoner; les hommes qui suscitaient sa jalousie, nécessaires pour qu'elle soit connue du grand public. Venise, Macao, Londres relevaient du professionnel. Il était contraint de la croire alors qu'il savait qu'elle mentait.

Sa femme était sur une autre planète, et dans une histoire qui dépassait de loin sa petite vie. À la fois diva et femme entretenue. Insaisissable Maria. Autant capturer la lumière.

«Nous étions trois à souffrir de son absence avec la différence que l'enfant qui dormait à l'étage ne le savait pas.»

Sa femme, dit-il, confondait la scène et la vie.

Pas de séparation entre les deux. De retour dans sa loge et le public rentré chez lui, elle continuait à se prendre pour Tosca et pleurait la mort de son amant.

Laure qui l'écoute a l'impression que le miroir transpire de honte derrière son dos.

Le camion qui s'est hissé dans un grand vacarme jusqu'au talus est chargé à ras bord. Miracle qu'il n'ait pas cassé ses essieux, qu'il n'ait pas versé dans le ravin.

L'aborigène et deux ouvriers déchargent des sacs de ciment, des plaques de parpaing et du mâchefer, des tommettes, des briques cuites, une brouette, pelles et fourches, marteaux, massues, boutoir. Les poutres du plafond, la dalle de pierre de l'entrée seront livrées en deuxième temps avec le portail et le balcon en fer forgé déniché dans une brocante. L'Australien veut la perfection pour la maison dont il n'a jamais fait le deuil. Les murs ne sont que sa volonté scellée dans la pierre, son enfance enfouie dans la terre qui va s'écarteler comme femme ouverte pour recevoir les coulées de béton nécessaires pour consolider les fondations ébranlées par une végétation sauvage et les infiltrations dues à la fonte des neiges.

Les certitudes de l'Australien sont pierreuses,

il défie la ruine du regard maintenant qu'il possède les armes nécessaires pour lui tenir tête, faire rendre gorge au sable et aux gravats et en tout premier lieu à l'arbre pétrifié, balai debout sur son manche qui le nargue depuis son retour.

Ordre de ne pas toucher aux murs extérieurs mais transformation complète de l'intérieur. Une plateforme en demi-cercle face à la pelouse en pente recevra le Steinway livré au tout dernier moment.

« Maria ne peut vivre sans son Steinway. Sa voix et le son de son piano se mélangent dans sa gorge, ruisseau de tendresse, fleuve de désespoir, lave de haine », s'exalte-t-il face à Laure qui l'écoute raconter sa femme pour la deuxième fois dans la même journée. La première ce matin, chez elle, un café à la main, la deuxième autour de sa table dépliée par son valet pour un dîner improvisé.

Séparés par le chandelier qui clignote au vent, il parle et elle l'écoute parler.

Il ne mange pas et elle le regarde boire. Il ne peut rien avaler tant qu'il n'a pas de nouvelles de la cantatrice. Le docteur consulté à Rome soupçonne une maladie pernicieuse et demande un complément d'examens alors qu'il a mal à sa femme. Sa maladie a pour nom Maria. Il fera des examens plus approfondis quand prendra fin le chantier, lorsque la diva s'installera entre ses murs.

Laure qui ne sait qu'acquiescer voit la maison, la plateforme en demi-cercle, la colère des vents de décembre dans les couloirs, la neige qui fait craquer le toit, même une cheminée non mentionnée par le maître des lieux, mais pas la femme à la chevelure de feu, ni sa main froide sur sa gorge qui chante. Longitudinal vu de face, incurvé vu de dos, le piano évoque une barque et un cercueil. Le couvercle fermé ne reflète pas le visage de la cantatrice ni celui de l'Australien revenu sur des lieux aimés mais douloureux. La montagne dit-il entre dans sa poitrine, le soir venu, et l'empêche de voir la route que prendra sa femme pour le rejoindre. Il la raboterait s'il en avait les moyens.

Le chantier arrêté, les deux ouvriers vont boire un verre au café de l'esplanade pendant que l'aborigène nettoie ce qui peut l'être en vue du dîner. La terre semble se soulever, onduler, respirer quand il balaie gravats et poussières. Il arrive à Bono de pleurer, ses larmes tombant à la verticale sur son balai ou sur sa main lorsqu'il penche la tête de côté.

Comment dit-on pleurer en langue aborigène ? se demande Laure qui suit du regard le ciment qui vole en l'air, s'accroche à la tignasse épaisse du nain, sur ses cils épais, au pelage des chats devenus gris alors qu'ils étaient couleur miel, puis sur son seuil, comme cendre de Pompéi.

À l'arbre pétrifié qui sera déraciné demain, il faudra ajouter un homme pétrifié mais qui ne veut pas se l'avouer, se dit-elle en frissonnant d'appréhension.

Journées âpres marquées au fer rouge de l'action, transformées le soir en haltes conviviales quand débarrassé de sa poussière, l'Australien invite Laure à partager son dîner et ses angoisses.

Ni familier, ni revêche, mais discipliné, Bono qui ne pleure plus fait le service, la même serviette blanche autour du bras et même expression du visage qu'il soit heureux ou tourmenté. Bono, d'après son maître, ne pleure pas sur lui-même mais sur le soleil qui meurt tous les jours à la même heure. Un rituel aborigène, un salut à sa tribu par-delà les continents et les mers.

Mêmes gestes toutes les nuits, l'aborigène frappe trois coups à la porte de Laure et lui fait comprendre par des gestes que son maître l'attend à dîner. Elle accepte alors qu'elle a déjà dîné et le suit sur le chemin rocailleux. Le même air d'opéra l'accueille à son arrivée. La voix de la soprano ondule jusqu'au ciel. Laure croirait à sa présence sans le phonographe posé face au miroir qui reflète sa voix et l'obscurité.

La coupe de champagne, un rituel de plus, levée à la voix qui chante dans la nuit, à la femme qui n'a jamais cessé de le rejeter et de le quitter. Le quittera autant de fois qu'il y a de jours dans l'année, et d'années dans sa vie.

Une mise en scène désuète. Qui veut-il éblouir avec ce cérémonial suranné ? Pour quelles raisons ne pose-t-on pas les plats sur la nappe au lieu de les faire défiler d'un bout à l'autre de la table ? Et pourquoi des gants blancs pour les mains de l'aborigène alors que ses ancêtres escaladaient les arbres à main nue ?

Vu à travers les flammes fébriles du chandelier, l'hôte de Laure ne sourit jamais, touche à peine à son assiette mais boit. « Douleurs à l'estomac », explique-t-il, doigt pointé sur le cœur.

Yussuf ne veut pas déranger, ne veut pas s'imposer, Laure se doit à ses nouveaux amis, Laure n'a plus du temps à perdre avec un facteur. Le livre qu'il lui tend à travers le seuil est un cadeau du Kosovar.

Le paquet défait, elle découvre un cahier et le lui dit.

«Tu en feras un livre», réplique-t-il d'un ton évident.

À l'entendre, ce ne sont ni les crayons ni les pensées qui lui manquent.

Elle n'a qu'à se servir de ce qu'elle voit et entend en commençant par elle-même.

Raconter sa propre histoire la mènera inévitablement à celle des Albanais qu'elle connaît maintenant comme le fond de sa poche. Arrivée au facteur, il lui donnera un coup de main. Inutile de demander l'avis d'Helena qui a un fusil mais pas le moindre crayon ou celui de Mourad qui se sert des livres pour activer le feu de son four.

Yussuf la presse de commencer. Le Kosovar n'en a pas pour longtemps. Tout le prouve. Il mange moins vite, parle plus bas, fait des phrases plus courtes et ne s'exprime plus qu'en grec ancien, langue selon lui d'un certain Charon qui va l'emporter sous peu dans sa barque pour la traversée d'un fleuve que personne ne connaît ici, même l'instituteur qui est loin d'être un âne n'a jamais entendu parler du Styx.

Des nouvelles d'Helena ? Bien sûr qu'il en a.

Elle te dit qu'elle n'est pas née de la dernière pluie, que celui que tu prends pour l'Australien n'est pas le violeur de sa fille mais un homme de paille envoyé en éclaireur par le vrai coupable pour tâter le terrain, savoir si Helena persiste à vouloir tuer, il attend sa réaction pour la communiquer à son commanditaire. Mais Helena qui est loin d'être aveugle a détecté la supercherie. Flagrante la différence entre les cheveux noirs et la taille élancée du lâche qui a fui en Australie et les cheveux blancs et le corps épais de celui qui t'invite à sa table.

« Ne me parlez surtout pas d'âge, elle a crié, face à ceux qui ricanaient. Les années ne changent pas un rossignol en hibou, ni une caille en grenouille. »

C'est tout juste si elle ne les a pas giflés malgré son panaris au doigt, giflé le canari dans sa cage.

Helena va plus loin dans son raisonnement. Elle pense que seuls les habitants de Malaterra qui ont la vie dure cessent de se ressembler en vieillissant alors que les années fignolent ceux qui vivent ailleurs.

Celui qu'on appelle l'Australien a un rapport particulier avec le ciment, le plâtre et les lignes qu'elles soient horizontales ou verticales. La rumeur dit qu'il a l'intention de construire une maison assez vaste pour recevoir tous les habitants du village voisin, mais insuffisamment grande pour accueillir ceux de Malaterra.

Pas de gestes inutiles, l'homme et son compagnon vont à l'essentiel, le terrain débarrassé des ronces et des gravats par les ouvriers, ils ont gâché du ciment, l'ont transporté dans une brouette, coulé une dalle de béton avant de s'attaquer aux murs. Nul besoin de fil à plomb ou d'équerre pour s'assurer de leur verticalité, le regard suffit. Leur travail remonte au premier homme qui bâtit le premier mur pour se protéger des bêtes sauvages et des intempéries. Les deux hommes sont humbles face à ce que leurs mains, soumises à un ordre créé il y a des millénaires, doivent accomplir. Unies par une mince couche de ciment, les pierres hissées sur les pierres adhèrent entre elles. Les coups de boutoir effacent les inégalités, ajustent ce qui est décalé, les spatules essuient les bavures du salpêtre qui prendra à la longue la couleur de cette pierre. Les poussières soulevées par le vent nimbent d'une fine pellicule transparente les mains qui s'affairent. L'Australien veut la perfection pour sa maison : grattée la coulée de ciment, égalisées avec la spatule les dénivellations. La moindre négligence ressentie comme une offense au bon goût. Invités à mettre la main à la pâte, les ricaneurs nonchalants émettent des critiques.

«À sa place je ferais ceci ou cela.»

«À sa place j'arrêterais tout et rentrerais chez moi.»

L'extérieur terminé, l'Australien consultera le docteur de Rome alors qu'il n'a nul besoin d'un docteur pour savoir de quel mal il souffre. Son mal a pour nom la *sonnambula*.

«Mikhaël me remplacera au chantier. Il est mon fils puisque Maria me l'a donné. Il a fini par me ressembler à force de guetter avec moi les retours de sa mère.»

Oublie-t-il que celui qu'il appelle son fils a pour père un baryton et que celle qu'il appelle sa femme parcourt le monde au bras d'autres hommes ?

Les cartes postales envoyées de Saint-Pétersbourg, Kiev, Bucarest, Varsovie, Munich, cailloux semés sur son parcours. Tant de villes en si peu de semaines. Faut-il penser que son amant actuel est un voyageur de commerce, un marin, un pilote de ligne, un espion ?

Les quelques lignes griffonnées disent qu'elle voyage pour le plaisir, pour profiter de ses dernières années de jeunesse, le chant n'est plus sa priorité. Elle a toute la vie devant elle pour chanter. Puis une dernière carte, expédiée cette fois de Rome, qui laisse pantois l'Australien. Maria exige des excuses de celui qui n'a rien à se reprocher pour qu'elle lui revienne. Elle promet d'être magnanime. De pardonner. Elle a besoin de se retrouver au calme, d'une vie de famille après les années d'agitation.

« Elle doit être aux abois pour me revenir. »

L'Australien l'a dit, les yeux tournés vers une étoile, la seule visible à cette heure de la nuit.

Son rire douloureux a suivi Laure jusqu'à son lit, et a continué à résonner dans ses oreilles alors qu'elle commençait à somnoler.

Prisonnier de son rire. Il ne lui a prêté aucune attention lorsque, croyant le consoler, elle lui parla des absences de Luc et de son retour de Malaterra dans un cercueil. L'a-t-il écoutée ? Rempli à ras bord par sa peine, sans la moindre place vacante pour autrui. Rien de ce qui se passe en dehors de sa passion ne l'intéresse.

Pas de réaction non plus lorsqu'elle évoqua les travaux de Luc sur la génétique des Albanais et ses difficultés à déchiffrer et réécrire ses notes.

Seul le mot rhésus sanguin l'a sorti de sa torpeur. Son œil s'alluma entre deux branches du chandelier. Le mot sang leva une houle en lui. Il prononça d'une voix haineuse les trois mots «dette de sang», qualifiée de *rubbish*, de *savage*, et ceux qui la pratiquent de pauvres gratteurs de terre, de chardons accrochés à leur montagne.

Vivant en Australie, séparé d'eux par des centaines de pays, il les retrouvait dans ses cauchemars, criards, cruels, yeux acérés comme lame de poignard. Ils nous enviaient notre maison dressée sur une colline alors qu'ils vivaient dans des cahutes creusées dans le roc.

«Une vraie maison», précisa-t-il et son bras dans un geste ample dressa des murs invisibles, les relia par un toit.

Mon père mort alors que j'avais cinq ans, personne n'a suivi le cercueil. Personne n'a relevé ma mère qui roulait son corps sur la pente comme le veut la coutume. Vingt fois, trente fois de suite, des ronces dans ses cheveux, sa robe noire déchiquetée par les cailloux. Alignés de part et d'autre de la pente, les habitants de Malaterra suivaient du regard la femme qui roulait sur elle-même comme un tonneau. Pas une seule main ne s'était tendue pour la redresser. C'est tout juste s'ils n'applaudissaient pas ses prouesses.

Deux êtres hargneux discutent de part et d'autre d'une table. L'orage qui tonne au loin ne franchira pas la montagne. L'orage rebroussera chemin vers des lieux plus sereins.

«Et si Maria refuse de s'installer ici?»

Idée saugrenue, Laure aurait dû la garder dans sa bouche desséchée à force d'écouter et de ne rien dire.

La réaction de son hôte : une fulgurance de crime dans les yeux.

Une délégation conduite par le facteur demande à Laure d'intervenir auprès de l'Australien coupable d'avoir sali la réputation du village. Le viol qui remonte à trois décennies a jeté l'opprobre sur tous ses habitants. Normal que le Kosovar ne réclame rien, il n'est pas des leurs, il n'est ni chrétien ni albanais. N'est pas d'ici. Doit impérativement retourner dans son pays.

Il y a la guerre dans son pays.

« La guerre ne fait pas peur à un presque-mort.

— La guerre fait peur aux avions non aux trains qui continuent de rouler. Il suffit de le caser dans un wagon, les correspondances se feront avec l'aide de son Prophète. »

Et basta de parler du Kosovar. C'est pour l'Australien qu'ils sont là. Ce ne sont pas les quelques murs à redresser qui le ramènent à Malaterra, encore moins sa culpabilité dans la mort de la fille d'Helena. Laure est chargée de l'interroger sur ses intentions, de le convaincre d'indemniser tout le monde même ceux dont la fille n'a pas été violée, même ceux qui n'ont pas de fille. Un préjudice commun à tous. Tu es leur porte-parole, tu sauras défendre leur cause auprès de l'homme riche.

«Tu parles l'anglais?

— Un mot sur trois, avoue-t-elle.

— Tu dis ce mot et lui devinera le reste.»

La fille pendue au figuier continue à être exploitée, chacun revendique sa part du mal qu'elle a subi alors qu'aucun d'eux n'a partagé sa terreur, ni la pression de la corde autour de son cou, ni ses râles et ses yeux grands ouverts lorsque tout fut fini et que les cris de sa mère alertèrent les voisines.

A-t-elle compris ce qu'on attend d'elle?

Laure hoche la tête.

Ils la veulent complice de leur monstrueuse dette de sang. Dix yeux charbonneux la dévisagent, la suivent jusqu'au mur où elle s'adosse pour ne pas tomber. Est-ce le froid ou le rire qui la fait claquer des dents? Même effet pour deux causes différentes? Fait-elle une crise de nerfs pour rire et pleurer en même temps? Faut-il l'asperger d'eau froide, frapper sa tête avec un bâton, la museler pour arrêter ce rire, ce ricanement, ce sanglot?

Seul le facteur devine la cause de ses tremblements. Laure a peur, terriblement peur. Le facteur chasse de la chambre les hommes aux yeux charbonneux, referme la porte derrière eux, allonge Laure sur le lit, masse la plante de ses pieds, ses épaules, pose un linge humide sur son front fiévreux. Les choses qu'il marmonne viennent de loin. Elles font appel aux bons esprits, les seuls capables de chasser les ondes malveillantes. Le facteur récite un refrain et Laure qui lui fait confiance ne tremble plus.

La lettre glissée sous sa porte informe Laure du départ de l'Australien et de son souhait de la voir veiller sur son fils qui le remplacera pour la fin du chantier.

Pourquoi lui donne-t-il cette responsabilité alors qu'elle est incapable de faire deux pas dans sa chambre ? Une grande fatigue s'est emparée d'elle alors qu'aucun des hommes aux yeux charbonneux ne l'a battue, ni molestée. Aucun d'eux ne portait une arme ou un bâton. Les hommes aux yeux charbonneux l'ont seulement regardée. Or ! un regard balaie un espace sans laisser d'impact, ni de trace. Un regard ne donne pas des courbatures. Et comment expliquer les bleus sur ses avant-bras alors qu'aucun d'eux ne l'a touchée ni même effleurée ?

Moins fatiguée, Laure repartirait chez elle, la gare est à dix minutes de marche, le train l'emporterait à Paris où elle a sa maison, pas une chambre creusée dans la montagne.

Moins épuisée, Laure demanderait à Yussuf de ne plus faire le guet à sa porte, de ranger dans son étui le poignard du grand-père mercenaire dans l'armée ottomane et de rentrer chez lui. Passer la nuit sur un seuil n'est pas de son âge.

À bien réfléchir, les hommes aux yeux charbonneux n'en voulaient pas à sa vie mais à sa volonté, lui imposant son adhésion à une croyance qui l'horrifie : cette dette de sang qui continue à polluer les esprits des Albanais des Abruzzes alors qu'elle n'est plus pratiquée en Albanie.

Une question taraude Laure : y a-t-il un lien entre la visite de ces hommes et le départ précipité de l'Australien ou faut-il attribuer ce départ à une autre cause que la peur ?

La nuit venue, Laure a froid pour la première fois. Août qui surchauffait les murs a cédé sa place aux mains fraîches de septembre. Ceux qui habitent la vallée retrouveront dans peu de jours leurs maisons fermées par de gros cadenas et feront face au vent qui arrache des cliquetis douloureux aux volets. Ils se mettront en route après avoir cueilli le dernier fruit, arraché la dernière salade et chargé sur leurs baudets conserves, enfants, volaille et confitures. Vieillards, femmes et enfants s'ébranleront sur le sentier étroit qui mène à la montagne pendant que les hirondelles migreront vers le sud, les plumes lâchées par les ailes pareilles à des flocons de neige.

Son fusil à l'épaule, Helena suivra le mouvement après un dernier regard au figuier. Faut-il croire facteur Yussuf lorsqu'il dit qu'après la mise en terre de sa fille le lait afflua de la vieille poitrine d'Helena ? Un lait généreux capable de nourrir plein de nourrissons mais qu'aucune mère, même celles taries, ne voulut. Provenait-il des seins desséchés d'Helena ou du figuier ? Qualifié de lait du sang comme si le sang était une femelle et qu'il enfante, le liquide blême avait l'odeur acide des blessures.

Le sang : leur ultime référence.

Luc aurait dû mélanger leurs superstitions avec leur sang pour mieux détecter leur ADN.

Enfermés dans leur consanguinité, ils développent les mêmes maladies et même résistance à certains virus. Jamais de tuberculose alors que les déjections des pigeons bourrées de bacille de Koch souillent leurs toits et leurs seuils. Jamais de cancer non plus, leurs cellules ne se permettent pas le moindre dérapage, mais une grande fragilité des reins, à croire qu'ils picorent les mêmes cailloux et même gravier que leur volaille.

Facteur Yussuf ne se lasse jamais de l'histoire de la poule et du prisonnier atteints de la même dépression. Il aimerait que tu la lui racontes tous les jours, même s'il soupçonne Luc de fabuler, de mettre des mots sur des mots pour le plaisir d'inventer et d'étonner. Seuls dépriment ceux qui pensent selon Yussuf. Or ! le poulet qui ne pense pas ne peut déprimer. Le poulet mange, dort, défèque et pond sans réfléchir. Le couteau sur la gorge, il ne réalise pas qu'il va mourir. Le poulet, un crétin, un imbécile, un taré. La crête arrachée, il ne reste rien. Un crâne minuscule, et un pois chiche en guise de cerveau.

Yussuf a répondu à sa propre question. Rien à ajouter, à part qu'un poulet dépressif cesse de pondre alors qu'un prisonnier dépressif se pend dans sa cellule.

Ils doivent venir de loin pour avoir des jambes aussi longues et une voiture aussi grande, se dit Yussuf en voyant le 4 × 4 s'arrêter face au chantier. Un garçon, une fille et un chien descendent du véhicule poussiéreux. Tour du chantier ponctué de baisers échangés à chaque arrêt, le chien qui tournoie autour d'eux aboie pour se faire remarquer. L'homme lisse de la main une coulée de salpêtre, cale avec une pierre le miroir qui risque de tomber, s'assure de la solidité de la poutre qui soutiendra le toit. Se croient-ils à l'abri des regards pour se dénuder l'un l'autre et s'allonger sur le sol ? La bouche du garçon glisse du cou aux seins, les mordille l'un après l'autre. Les gémissements de la fille alertent le chien qui entre dans la mêlée avant d'en être écarté d'un coup de pied. Deux corps beaux et jeunes ne font qu'un sous le regard stupéfait du facteur. Il connaît ces choses autrement, l'homme en haut, la femme en bas. Le renversement continuel des rôles le laisse pensif. Facteur Yussuf a le tournis. Quatre jambes s'ouvrent, se referment, éventail infatigable, se nouent, se dénouent, s'emmêlent jusqu'à ne plus savoir si telle jambe appartient à l'un ou à l'autre. Leurs ahanements ne sont pas signe de fatigue mais de satisfaction due à la progression du plaisir retardé à dessein, le garçon vise une source comme l'a fait avant lui le propriétaire des lieux qui fit creuser le sol sûr d'atteindre la nappe phréatique nécessaire au chantier. Le va-et-vient continuel débouche sur un cri rauque qui fuse des deux gosiers, lui en haut cette fois, elle en bas pour la grande satisfaction du facteur, lui tombant sur elle comme arbre atteint par la foudre.

Tête plongée entre les genoux, facteur Yussuf a honte pour eux qui s'accouplent dans la nature comme des animaux, sans se cacher sans retenir leurs cris sans museler leur plaisir.

L'odeur du plaisir, celle des baisers flottent dans l'air. Leurs rires sous la douche sommaire reliée à la citerne attirent Laure dehors. Elle rit de leurs rires. Elle les appelle et ils la saluent à travers le rideau d'eau.

« Votre père m'a annoncé votre arrivée.
— *Are you Laure*? »
Bien sûr qu'elle l'est, elle les invite à prendre le thé et ils se sèchent, réenfilent leurs jeans et se ruent chez elle avec leur chien accueilli par cinq furies qui lui crachent leur mépris à la face.

«Dehors le chien, vos gueules les chats et combien de jours comptez-vous rester ici?

— Le moins possible», est la réponse claironnée par deux voix. Incompréhensible la décision du père de s'installer dans ce bled perdu, loin de n'importe quelle ville, de reconstruire une maison qu'il n'habitera pas. Sa mère n'y mettra jamais les pieds.

Redresser les murs pour redonner vie à la fille d'Helena, pense Laure en elle-même.

Les tasses de thé en main, ils scrutent les murs autour d'eux. «*Amazing*», «*My god*» fusent de leurs bouches gonflées par l'amour. Puis ce «waw» tonitruant à la vue d'une tache noire sur le plafond. Ils décident d'un commun accord que ce que Laure appelle une maison devait abriter le premier homme. Cro-Magnon ou *Homo sapiens*? Ils hésitent.

«*What he ates*? s'inquiète la fille.

— *Bones*», est la réponse évidente de celui qu'elle appelle Mike.

Mike comme leurs Nike de la même couleur que leurs jeans.

Humant l'air de son petit nez retroussé, la fille dit sentir l'ours. Sa réflexion lui vaut une «*shut up Sweet Rabbit*». Mais *Sweet Rabbit* persiste et signe.

Agacée, Laure confirme en précisant que l'ours a déménagé en face, dans le chantier. Disparaît le jour, revient la nuit, dévore tout ce qui tombe sous ses mandibules, nourriture ou êtres humains du kif au même.

Panique de *Sweet Rabbit* qui décide de partir sur-le- champ à la recherche d'un hôtel et Mike ne la retient pas, encore moins Laure, la jeune Australienne lui est antipathique.

Accoudé au parapet du balconnet face à la vallée, Mike dit être au courant de la jeune fille morte et de la dette de sang exigée par la mère. *Dad* lui a tout raconté. Il lui demande de trouver une solution. Lui-même en est incapable.

«Votre père aurait dû en discuter personnellement avec Helena.»

Suggestion accueillie par un rire douloureux.

Son père, dit-il, n'a jamais osé affronter la réalité en face. Il s'invente une autre réalité quand un problème surgit. Il a tellement voulu que je sois son fils que j'ai fini par lui ressembler. Même ruiné il se croit capable de reconstruire une ruine et d'offrir au village une miroiterie pour donner du travail à ceux qui n'en ont pas. Il renvoie l'ablation de son poumon de mois en mois, convaincu que la tumeur est bénigne, et s'entête à considérer ma mère comme sa femme alors qu'elle a autant changé d'amants que de partenaires sur scène.

La veille de son hospitalisation, il a pris le train pour la ville d'eau où elle donne un concert et lui a crié son amour à travers la porte fermée de sa loge. Voyant qu'elle n'ouvrait pas, il a offert l'apéritif au gardien des lieux, aidé les mécaniciens à transporter les décors et demandé au metteur en scène, qui est son amant, de veiller sur elle. Satisfait de sa randonnée, il est reparti à Rome pour se faire opérer.

Aurait-il été un autre homme marié avec une femme moins infidèle? Aurais-je été un autre garçon avec une mère moins fantasque?

Mike allait à l'école quand on le réveillait à temps, sa mère l'avait convaincu qu'il accumulerait plus de connaissances au contact des hommes extraordinaires qu'elle amenait à la maison. C'était pour son bien qu'elle changeait d'amants, pour son bien qu'elle les choisissait de nationalités différentes, pour qu'il apprenne les langues sans se crever les yeux sur les livres.

« Nous étions trois à la croire mais pour des raisons différentes. Moi par paresse, *Dad* par lâcheté et ma grand-mère par racisme. L'école pour cette Italienne qui se prétendait aristocrate, une machine à laver le pauvre. On y jette tout ce qu'on a de sale sous la main. Serrés sur le même banc, Blancs, Noirs, Jaunes, Rouges finissent par déteindre les uns sur les autres. Promiscuité favorable aux gens de couleur, précisait-elle, mais nuisible aux Blancs catholiques. L'aborigène balayant les feuilles mortes du jardin lui a valu une crise d'apoplexie. Elle l'a pris pour une araignée géante puis pour un singe avant de crier au secours. L'araignée, le singe? Un scénario diabolique ourdi par son gendre qui voulait sa mort sachant sa répulsion pour tout ce qui ne répond pas à sa conception du beau, de l'esthétique et du normal. C'est lui qui a installé le singe dans le jardin, lui qui l'a armé d'un balai avec ordre de faire le maximum de poussière pour la faire suffoquer. Enfermé de jour, le brave Bono travaillait désormais la nuit quand l'Italienne dormait. Les poussières soulevées par son balai l'enveloppant de toute part, il évoquait un zombie. Le mort déterré continuait à servir ses maîtres.

Bono et Mike étaient de la même taille. Le garçonnet âgé de cinq ans rejoignait l'aborigène en cachette et partageait ses repas. Bono lui a appris à sauter pieds joints comme le kangourou, à courir à reculons comme le lézard. Le cagibi de Bono était son école et Bono son maître. La mort de la grand-mère rapatriée selon ses vœux à Rome libéra l'aborigène qui redécouvrit la lumière du jour.

« Pas une seule larme n'a coulé de ses yeux à la vue du soleil. Un aborigène ne pleure pas, et montre plus facilement ses fesses que ses sentiments. »

Dit Mike.

Bono qui a accompagné son maître à Rome est de retour, accompagné des deux ouvriers. Il va pouvoir surveiller la fin des travaux. Mike l'aidera.

Des nouvelles de la santé de son maître ?

Excellentes, affirme-t-il bien que son état se soit détérioré depuis hier. Une possibilité qu'il meure. Dans le cas contraire, il reste à l'hôpital.

« Souffre-t-il ?

— Bien sûr qu'il souffre mais il fait semblant que non. Moyen efficace pour tromper la mort, prête à s'emparer de celui qui gémit alors qu'elle fuit comme la peste le fanfaron qui ne se plaint de rien. »

Se proclamer en bonne santé, selon Bono, revient à donner un coup de pied dans le cul de la mort. Des croyances efficaces d'après les statistiques aborigènes. La gravité de l'état du malade ne joue aucun rôle dans sa mort ou dans sa guérison. On a vu des mourants laissés aux vautours revenir chez eux à pied, embrasser femme et marmaille puis engloutir toute une marmite de fayots au piment parce qu'ils ont eu le bon réflexe de transformer leur dernier râle en éclat de rire. Fort des enseignements de Bono, son maître souriait, ce matin, dans son coma. Il vivra assez pour voir sa maison debout, sa femme installée entre ses murs et faire la paix avec Helena. Sa dernière phrase lue sur ses lèvres :

« Je paierai la *bissa* sans discuter le prix et lui achèterai un nouveau fusil, le sien est rouillé.

— Pourquoi le fusil ?

— Pour tuer la mort » est la réponse évidente.

« Tu tueras la mort, avait dit Luc à Laure qui lui demandait quoi faire si jamais il ne revenait pas des Abruzzes.

— Et si je n'y arrive pas ?

— Tu appelles la police.

— Parce que la police est plus forte que la mort ?

— Aussi forte. Elle est son principal fournisseur. Les deux travaillent main dans la main, collaborent à faire régner l'ordre. Les manifestations réprimées contre la faim, le chômage, l'expulsion des étrangers, du pain bénit pour la police qui sort matraques et revolvers, marche à grandes enjambées, tape dans tous les sens, à l'aveuglette sans faire la différence entre manifestants et passants. Tape, tire, ivre de l'odeur du sang, de celle des bombes lacrymogènes. Les grosses bottes piétinent tout ce qui traîne à terre, banderoles, porteurs de banderoles aplatis par les semelles avant d'être évacués à l'hôpital si ce n'est à la morgue ou à l'institut médico-légal pour une autopsie en cas de protestation. »

Luc qui s'échauffait gesticulait. Se croyait-il sur une scène de théâtre ?

Ultime discussion. Il partait pour les Abruzzes. La porte refermée derrière lui, Laure comprit pourquoi le choix de son mari s'était porté sur les Albanais de Malaterra. Leur Albanie natale quittée pour une montagne pelée pour une vallée inondée trois mois de l'année, ils n'étaient soumis à aucune autorité, aucune dictature. Malaterra, un État à l'intérieur d'un autre État, le rhésus sanguin commun à tous, un prétexte pour Luc désireux de renouer avec ses frères en insoumission.

Laure sent son départ imminent mais ne sait quel jour au juste. Sa valise est bouclée et facteur Yussuf prêt à l'accompagner à la gare. Il a même prévu une brouette pour le transport de la totalité des livres du Kosovar. Le vieillard a pleuré d'un seul œil pendant qu'elle lui faisait ses adieux, du gauche, le droit riait pour on ne sait quelle raison. Lui aussi partait sous peu. Un train allait l'emporter vers son pays natal avec une chance sur cent qu'il atteigne Pristina où les combats font rage entre Serbes et Croates ; gares fermées, correspondances annulées au dernier moment.

Le regard de Laure va des livres qu'elle ne lira jamais à la maison que l'Australien n'habitera pas davantage. Plongé dans un coma profond, son fils attend sa fin pour rentrer en Australie.

Vue de loin, la maison dont il hérite n'a rien à se reprocher, des murs debout, les ouvertures reconstituées, seul le toit peine à se mettre en place. Les deux ouvriers ruisselants de sueur disent les dieux contre eux. Quelqu'un de l'autre monde empêche les choses de s'emboîter l'une dans l'autre, de s'encastrer. Hissés sur les murs, un pied dans le vide, ils oublient de respirer quand leur regard tombe sur Sweet Rabbit qui gobe le soleil par tous les pores de son corps nu. La jeune Australienne fait sa provision de chaleur avant d'affronter l'hiver de Sydney et son job de serveuse dans un costume de pom-pom girl, queue de lapin collée à la raie de ses fesses gainées de satin noir. Allongée sur un transat, un cache-sexe pour tout vêtement, elle ignore les deux hommes qui s'étranglent avec leur salive dès qu'elle change de position, offrant le spectacle d'une aisselle blonde ou celui d'un sein qui s'ébroue, pigeon prêt à s'envoler.

Sweet Rabbit et Mike se sont promenés hier main dans la main sur la place, en tenue léopard. Le curé, le boulanger et les habitués du café les ont pris pour des terroristes. Figés les dés du trictrac entre les doigts, étranglés les narguilés, puis grand soulagement en découvrant que les deux excentriques étaient le fils de l'Australien et sa pute. La rumeur dit qu'ils ont embobiné facteur Yussuf en lui promettant monts et merveilles s'il les accompagne à Sydney. Basta de faire le facteur à son âge, de courir les rues avec les chiens et frapper aux portes pour distribuer un courrier inexistant. Mike lui achètera un vrai bureau de poste où il sera son propre patron, avec une table, une chaise, à tamponner des lettres et coller des timbres adhésifs qui n'ont nul besoin d'être léchés.

Pas de problème pour la langue, l'a-t-il rassuré, humer l'air du pays te suffira pour parler anglais et sans accent.

«Même les kangourous parlent l'anglais», a dit Mike et facteur Yussuf n'a pas dit non.

Facteur Yussuf fait confiance à Mike qui a déjà prévu le local, l'ancien entrepôt de miroirs en pleine jungle.

Facteur Yussuf doit impérativement changer de continent pour changer de destin.

Arrivée chez toi avec le premier rayon de soleil, Helena tient un discours aussi long que la route qui relie Malaterra à Rome. Laure en est éblouie.

« Helena, clame-t-elle, n'est pas une chienne, n'est pas un vautour. Elle ne tuera pas un homme dans le coma. Preuve de sa bonne foi, elle offrira le fusil qui devait le tuer à son rejeton et lui fera payer moitié prix la dette de sang qui a pourri sa vie. Helena n'est pas à acheter, ni à vendre. Pas question d'empocher l'argent d'un cadavre ni de vendre un fusil qui lui revient du père du père de son père en remontant jusqu'à Caïn qui aurait résolu son problème d'aînesse par une balle dans la poitrine de son frère au lieu de l'étrangler de ses mains. Helena a des principes et un cœur grand comme la montagne, comme son figuier qui nourrit tous les oiseaux des Abruzzes. Albanaise authentique, Helena est capable de faire don de son fusil mais pas de le vendre. Autant vendre sa femme et ses enfants comme le fait ce traître de Yussuf qui émigre en Australie. L'imbécile me l'a annoncé, la bouche en cœur oublieux de ma haine pour ce pays et pour tous ceux qui l'habitent.

«Arrivé à l'improviste sans s'être fait annoncer et accompagné par devinez qui? Je vous le donne en mille : par le fils du violeur en personne que j'ai pris pour son propre père vu la ressemblance, même âge, même air arrogant, doit se prendre pour le soleil ou pour le réverbère de la place pour parler sans vous regarder, yeux tournés en arrière. Parle à reculons. Mon fusil épaulé je l'aurais taillé en charpie si les trente années d'écart n'avaient retenu ma main. Le garçon mort, j'aurais retourné l'arme sur ma tête avant de le balancer sur le figuier. Que les oiseaux s'entre-tuent s'ils en ont envie, qu'il n'en reste pas un seul pour raconter ce qui est arrivé.»

Sa diatribe a épuisé Helena. Elle réclame un verre d'eau, le boit jusqu'à la dernière goutte, fait claquer sa langue sur son palais.

«C'est où l'Australie? L'Australie est en Amérique?

— Un peu plus bas», l'informe Laure, même réponse qu'elle fit au facteur le jour de son arrivée à Malaterra.

«Et pour quelle raison les Albanais des Abruzzes vont tous en Australie alors que l'Italie est la porte à côté?»

Laure se retient de rire. Helena comme tous ses semblables est convaincue que Malaterra est un petit pays dans un grand pays. C'est comme si l'Italie était enceinte de Malaterra.

La fin du chantier a coïncidé avec celle de son propriétaire. Même jour et même heure, quand les ouvriers ont quitté définitivement les lieux, leurs outils rangés dans leur camionnette. L'Australien s'est éteint sur la voix de *La Sonnambula* diffusée en direct d'un festival dans une ville d'eaux. La radio posée à son chevet, une idée de l'infirmière qui veillait sur lui.

Rien ne retient Laure à Malaterra. Elle va rentrer chez elle, avec l'espoir d'y retrouver Luc qui l'a habituée à ses éclipses, Luc arpentant d'un pas impatient l'entrée de leur appartement ne fera pas allusion à son absence, ni n'expliquera la sienne longue de dix ans. Laure lui racontera Helena, Ruhié, Milia, Fila, Yussuf et tous les autres mais gardera pour elle l'Australien et sa maison dotée de quatre murs de l'extérieur et de seize à l'intérieur. Pas un mot sur l'étrange propriétaire et leur accord de faire l'amour pour exorciser leur faim de Luc et de Maria, sans désir, sans remords, mus par un sentiment de pitié sur eux-mêmes. Ils furent Luc et Maria pour la durée d'une étreinte silencieuse, pierreuse, leurs corps pareils à deux statues. Laure s'était ouverte à Luc et l'Australien avait creusé dans Maria, pour la débusquer, le souffle de la cantatrice et du mort remplissait la chambre ; leurs noms criés dans un plaisir blafard, douloureux avant la séparation brutale lorsqu'ils réalisèrent qu'ils n'étaient qu'eux-mêmes. Ils eurent très froid après. Elle lui sut gré de quitter aussitôt les lieux et il lui fut reconnaissant de ne pas rompre le silence qui emplissait la chambre.

Laure racontera surtout les chats à Luc : devenus assez grands pour se prendre en charge, les paresseux se servant dans les poubelles, les hardis chassant. Museaux barbouillés de duvet d'oiseaux et de jaune d'œuf ou exhalant les relents fétides, les chats arracheront un pâle sourire à Luc qui a cessé de sourire un six octobre, il y avait dix ans de cela.

Quel chemin a suivi la lettre du Kosovar pour que Laure la reçoive un an après son retour en France ?

Mes livres et vous partis de Malaterra, je n'avais plus à qui parler. La guerre entre Serbes et Croates m'a transformé en suspect, ennemi des Albanais chrétiens. Le maire a invoqué la fin d'un bail inexistant pour récupérer le local. Mon fauteuil et moi retrouvés dans la rue, on nous a poussés jusqu'à la gare puis hissés sur un train. Destination Pristina. Parcours chaotique. Il changeait d'itinéraire au gré des combats qui embrasaient les villes et les pays. Des gares désaffectées, des destinations annulées au tout dernier moment. Seul et unique voyageur à bord, spectateur privilégié de la destruction d'un monde. Bloqués une semaine à Ljubjana, dix jours entre Zagreb et Banja Luka avant un nouvel arrêt interminable à Mostar. Infranchissable le pont qui partage la ville, convoité par deux peuples qui s'étripaient de part et d'autre du fleuve. Nous voilà repartis vers Zernica avec l'espoir d'atteindre Pristina par Sarajevo restée neutre jusque-là mais qui croula sous les bombes dès notre arrivée. La mort autour de nous, la mort à perte de vue. Le train et moi étions saufs. Les bombes évitaient de toucher au vieillard renvoyé dans son pays.

Toujours en vie le Kosovar qui prie soir et matin le dieu des sauterelles pour que son armée dévore le vert et le tendre de Malaterra, pour que la porte de l'enfer du ravin ouvre ses battants à une horde de diables armés de tisonniers, que le curé meure étouffé par une hostie et que le fusil rouillé d'Helena tue tous les figuiers, tous les oiseaux des Abruzzes. Quoi de plus terrible qu'un printemps silencieux et des arbres sans fruits?

Salut chère Orphée qui n'a pas retrouvé son Eurydicio dans l'enfer de Malaterra.

Ismaël.

DU MÊME AUTEUR

Au Mercure de France

QUELLE EST LA NUIT PARMI LES NUITS, 2004.
SEPT PIERRES POUR LA FEMME ADULTÈRE, 2007 (Folio n° 4832).
LES OBSCURCIS, 2008.
LA FILLE QUI MARCHAIT DANS LE DÉSERT, 2010.
OÙ VONT LES ARBRES?, 2011, Goncourt de la poésie 2011.
LE FACTEUR DES ABRUZZES, 2012 (Folio n° 5602).
LA FIANCÉE ÉTAIT À DOS D'ÂNE, 2013.

Aux Éditions Actes Sud

LA MAISON AUX ORTIES, 2006.
LE MOINE, L'OTTOMAN ET LA FEMME DU GRAND ARGENTIER, 2003. Prix Baie des Anges.
ANTHOLOGIE PERSONNELLE, 1997. Prix Jules Supervielle.
LA MAESTRA, 1996.

Chez d'autres éditeurs

LES INADAPTÉS, *Le Rocher*, 1977.
AU SUD DU SILENCE, *Saint-Germain-des-Prés*, 1975.
TERRES STAGNANTES, *Seghers*, 1968.
LES OMBRES ET LEURS CRIS, *Belfond*, 1979. Prix Apollinaire.
DIALOGUE À PROPOS D'UN CHRIST OU D'UN ACROBATE, *E.F.R.*, 1975.
ALMA, COUSUE MAIN OU LE VOYAGE IMMOBILE, *Régine Deforges*, 1977.
LE FILS EMPAILLÉ, *Belfond*, 1980.
QUI PARLE AU NOM DU JASMIN, *E.F.R.*, 1980.
UN FAUX-PAS DU SOLEIL, *Belfond*, 1982. Prix Mallarmé.

VACARME POUR UNE LUNE MORTE, *Flammarion*, 1983.

LES MORTS N'ONT PAS D'OMBRE, *Flammarion*, 1984.

MORTEMAISON, *Flammarion*, 1986.

MONOLOGUE DU MORT, *Belfond*, 1986.

BAYARMINE, *Flammarion*, 1988.

LEÇON D'ARITHMÉTIQUE AU GRILLON, *Milan*, 1987.

LES FUGUES D'OLYMPIA, *Régine Deforges/Ramsay*, 1989.

LA MAÎTRESSE DU NOTABLE, *Seghers*, 1992. Prix Liberatur.

FABLES POUR UN PEUPLE D'ARGILE, *Beffond*, 1992.

ILS, illustrations de Sebastian Matta, *Amis du musée d'Art moderne*, 1993.

LES FIANCÉES DU CAP-TÉNÈS, *Lattès*, 1995.

UNE MAISON AU BORD DES LARMES, *Balland*, 1998.

LA VOIX DES ARBRES, *Le Cherche-midi éditeur*, 1999.

ELLE DIT, *Balland*, 1999.

ALPHABETS DE SABLES, illustrations de Sebastian Matta, *Maeght*, 2000.

VERSION DES OISEAUX, illustrations de Velikovic, *Éditions François Jannaud*, 2000.

PRIVILÈGE DES MORTS, *Balland*, 2001.

ZARIFE LA FOLLE ET AUTRES NOUVELLES, *Éditions François Jannaud*, 2001.

COMPASSION DES PIERRES, *La Différence*, 2001.

LA DAME DE SYROS, *Invenit*, 2013.

CHERCHE CHAT DÉSESPÉRÉMENT, *Écriture*, 2013.

COLLECTION FOLIO

Dernières parutions

5291. Jean-Michel
    Delacomptée   *Petit éloge des amoureux du silence*
5292. Mathieu Terence   *Petit éloge de la joie*
5293. Vincent Wackenheim   *Petit éloge de la première fois*
5294. Richard Bausch   *Téléphone rose* et autres nouvelles
5295. Collectif   *Ne nous fâchons pas! Ou L'art de se disputer au théâtre*
5296. Collectif   *Fiasco! Des écrivains en scène*
5297. Miguel de Unamuno   *Des yeux pour voir*
5298. Jules Verne   *Une fantaisie du docteur Ox*
5299. Robert Charles Wilson *YFL-500*
5300. Nelly Alard   *Le crieur de nuit*
5301. Alan Bennett   *La mise à nu des époux Ransome*
5302. Erri De Luca   *Acide, Arc-en-ciel*
5303. Philippe Djian   *Incidences*
5304. Annie Ernaux   *L'écriture comme un couteau*
5305. Élisabeth Filhol   *La Centrale*
5306. Tristan Garcia   *Mémoires de la Jungle*
5307. Kazuo Ishiguro   *Nocturnes. Cinq nouvelles de musique au crépuscule*
5308. Camille Laurens   *Romance nerveuse*
5309. Michèle Lesbre   *Nina par hasard*
5310. Claudio Magris   *Une autre mer*
5311. Amos Oz   *Scènes de vie villageoise*
5312. Louis-Bernard
    Robitaille   *Ces impossibles Français*
5313. Collectif   *Dans les archives secrètes de la police*
5314. Alexandre Dumas   *Gabriel Lambert*

5315.	Pierre Bergé	*Lettres à Yves*
5316.	Régis Debray	*Dégagements*
5317.	Hans Magnus Enzensberger	*Hammerstein ou l'intransigeance*
5318.	Éric Fottorino	*Questions à mon père*
5319.	Jérôme Garcin	*L'écuyer mirobolant*
5320.	Pascale Gautier	*Les vieilles*
5321.	Catherine Guillebaud	*Dernière caresse*
5322.	Adam Haslett	*L'intrusion*
5323.	Milan Kundera	*Une rencontre*
5324.	Salman Rushdie	*La honte*
5325.	Jean-Jacques Schuhl	*Entrée des fantômes*
5326.	Antonio Tabucchi	*Nocturne indien* (à paraître)
5327.	Patrick Modiano	*L'horizon*
5328.	Ann Radcliffe	*Les Mystères de la forêt*
5329.	Joann Sfar	*Le Petit Prince*
5330.	Rabaté	*Les petits ruisseaux*
5331.	Pénélope Bagieu	*Cadavre exquis*
5332.	Thomas Buergenthal	*L'enfant de la chance*
5333.	Kettly Mars	*Saisons sauvages*
5334.	Montesquieu	*Histoire véritable et autres fictions*
5335.	Chochana Boukhobza	*Le Troisième Jour*
5336.	Jean-Baptiste Del Amo	*Le sel*
5337.	Bernard du Boucheron	*Salaam la France*
5338.	F. Scott Fitzgerald	*Gatsby le magnifique*
5339.	Maylis de Kerangal	*Naissance d'un pont*
5340.	Nathalie Kuperman	*Nous étions des êtres vivants*
5341.	Herta Müller	*La bascule du souffle*
5342.	Salman Rushdie	*Luka et le Feu de la Vie*
5343.	Salman Rushdie	*Les versets sataniques*
5344.	Philippe Sollers	*Discours Parfait*
5345.	François Sureau	*Inigo*
5346	Antonio Tabucchi	*Une malle pleine de gens*
5347.	Honoré de Balzac	*Philosophie de la vie conjugale*
5348.	De Quincey	*Le bras de la vengeance*
5349.	Charles Dickens	*L'Embranchement de Mugby*

5350.	Epictète	*De l'attitude à prendre envers les tyrans*
5351.	Marcus Malte	*Mon frère est parti ce matin...*
5352.	Vladimir Nabokov	*Natacha et autres nouvelles*
5353.	Conan Doyle	*Un scandale en Bohême* suivi de *Silver Blaze*. Deux aventures de Sherlock Holmes
5354.	Jean Rouaud	*Préhistoires*
5355.	Mario Soldati	*Le père des orphelins*
5356.	Oscar Wilde	*Maximes et autres textes*
5357.	Hoffmann	*Contes nocturnes*
5358.	Vassilis Alexakis	*Le premier mot*
5359.	Ingrid Betancourt	*Même le silence a une fin*
5360.	Robert Bober	*On ne peut plus dormir tranquille quand on a une fois ouvert les yeux*
5361.	Driss Chraïbi	*L'âne*
5362.	Erri De Luca	*Le jour avant le bonheur*
5363.	Erri De Luca	*Première heure*
5364.	Philippe Forest	*Le siècle des nuages*
5365.	Éric Fottorino	*Cœur d'Afrique*
5366.	Kenzaburô Ôé	*Notes de Hiroshima*
5367.	Per Petterson	*Maudit soit le fleuve du temps*
5368.	Junichirô Tanizaki	*Histoire secrète du sire de Musashi*
5369.	André Gide	*Journal. Une anthologie (1899-1949)*
5370.	Collectif	*Journaux intimes. De Madame de Staël à Pierre Loti*
5371.	Charlotte Brontë	*Jane Eyre*
5372.	Héctor Abad	*L'oubli que nous serons*
5373.	Didier Daeninckx	*Rue des Degrés*
5374.	Hélène Grémillon	*Le confident*
5375.	Erik Fosnes Hansen	*Cantique pour la fin du voyage*
5376.	Fabienne Jacob	*Corps*
5377.	Patrick Lapeyre	*La vie est brève et le désir sans fin*
5378.	Alain Mabanckou	*Demain j'aurai vingt ans*

5379. Margueritte Duras François Mitterrand	*Le bureau de poste de la rue Dupin* et autres entretiens
5380. Kate O'Riordan	*Un autre amour*
5381. Jonathan Coe	*La vie très privée de Mr Sim*
5382. Scholastique Mukasonga	*La femme aux pieds nus*
5383. Voltaire	*Candide ou l'Optimisme. Illustré par Quentin Blake*
5384. Benoît Duteurtre	*Le retour du Général*
5385. Virginia Woolf	*Les Vagues*
5386. Nik Cohn	*Rituels tribaux du samedi soir et autres histoires américaines*
5387. Marc Dugain	*L'insomnie des étoiles*
5388. Jack Kerouac	*Sur la route. Le rouleau original*
5389. Jack Kerouac	*Visions de Gérard*
5390. Antonia Kerr	*Des fleurs pour Zoë*
5391. Nicolaï Lilin	*Urkas! Itinéraire d'un parfait bandit sibérien*
5392. Joyce Carol Oates	*Zarbie les Yeux Verts*
5393. Raymond Queneau	*Exercices de style*
5394. Michel Quint	*Avec des mains cruelles*
5395. Philip Roth	*Indignation*
5396. Sempé-Goscinny	*Les surprises du Petit Nicolas. Histoires inédites-5*
5397. Michel Tournier	*Voyages et paysages*
5398. Dominique Zehrfuss	*Peau de caniche*
5399. Laurence Sterne	*La Vie et les Opinions de Tristram Shandy, Gentleman*
5400. André Malraux	*Écrits farfelus*
5401. Jacques Abeille	*Les jardins statuaires*
5402. Antoine Bello	*Enquête sur la disparition d'Émilie Brunet*
5403. Philippe Delerm	*Le trottoir au soleil*
5404. Olivier Marchal	*Rousseau, la comédie des masques*

5405. Paul Morand — *Londres suivi de Le nouveau Londres*
5406. Katherine Mosby — *Sanctuaires ardents*
5407. Marie Nimier — *Photo-Photo*
5408. Arto Paasilinna — *Le potager des malfaiteurs ayant échappé à la pendaison*
5409. Jean-Marie Rouart — *La guerre amoureuse*
5410. Paolo Rumiz — *Aux frontières de l'Europe*
5411. Colin Thubron — *En Sibérie*
5412. Alexis de Tocqueville — *Quinze jours dans le désert*
5413. Thomas More — *L'Utopie*
5414. Madame de Sévigné — *Lettres de l'année 1671*
5415. Franz Bartelt — *Une sainte fille et autres nouvelles*
5416. Mikhaïl Boulgakov — *Morphine*
5417. Guillermo Cabrera Infante — *Coupable d'avoir dansé le cha-cha-cha*
5418. Collectif — *Jouons avec les mots. Jeux littéraires*
5419. Guy de Maupassant — *Contes au fil de l'eau*
5420. Thomas Hardy — *Les Intrus de la Maison Haute précédé d'un autre conte du Wessex*
5421. Mohamed Kacimi — *La confession d'Abraham*
5422. Orhan Pamuk — *Mon père et autres textes*
5423. Jonathan Swift — *Modeste proposition et autres textes*
5424. Sylvain Tesson — *L'éternel retour*
5425. David Foenkinos — *Nos séparations*
5426. François Cavanna — *Lune de miel*
5427. Philippe Djian — *Lorsque Lou*
5428. Hans Fallada — *Le buveur*
5429. William Faulkner — *La ville*
5430. Alain Finkielkraut (sous la direction de) — *L'interminable écriture de l'Extermination*
5431. William Golding — *Sa majesté des mouches*

5432.	Jean Hatzfeld	*Où en est la nuit*
5433.	Gavino Ledda	*Padre Padrone. L'éducation d'un berger Sarde*
5434.	Andrea Levy	*Une si longue histoire*
5435.	Marco Mancassola	*La vie sexuelle des super-héros*
5436.	Saskia Noort	*D'excellents voisins*
5437.	Olivia Rosenthal	*Que font les rennes après Noël?*
5438.	Patti Smith	*Just Kids*
5439.	Arthur de Gobineau	*Nouvelles asiatiques*
5440.	Pierric Bailly	*Michael Jackson*
5441.	Raphaël Confiant	*La Jarre d'or*
5442.	Jack Kerouac	*Visions de Cody*
5443.	Philippe Le Guillou	*Fleurs de tempête*
5444.	François Bégaudeau	*La blessure la vraie*
5445.	Jérôme Garcin	*Olivier*
5446.	Iegor Gran	*L'écologie en bas de chez moi*
5447.	Patrick Mosconi	*Mélancolies*
5448.	J.-B. Pontalis	*Un jour, le crime*
5449.	Jean-Christophe Rufin	*Sept histoires qui reviennent de loin*
5450.	Sempé-Goscinny	*Le Petit Nicolas s'amuse*
5451.	David Vann	*Sukkwan Island*
5452.	Ferdinand Von Schirach	*Crimes*
5453.	Liu Xinwu	*Poussière et sueur*
5454.	Ernest Hemingway	*Paris est une fête*
5455.	Marc-Édouard Nabe	*Lucette*
5456.	Italo Calvino	*Le sentier des nids d'araignées* (à paraître)
5457.	Italo Calvino	*Le vicomte pourfendu*
5458.	Italo Calvino	*Le baron perché*
5459.	Italo Calvino	*Le chevalier inexistant*
5460.	Italo Calvino	*Les villes invisibles* (à paraître)
5461.	Italo Calvino	*Sous le soleil jaguar* (à paraître)
5462.	Lewis Carroll	*Misch-Masch* et autres textes de jeunesse
5463.	Collectif	*Un voyage érotique. Invitation à l'amour dans la littérature du monde entier*

5464.	François de La Rochefoucauld	*Maximes* suivi de *Portrait de de La Rochefoucauld par lui-même*
5465.	William Faulkner	*Coucher de soleil et autres Croquis de La Nouvelle-Orléans*
5466.	Jack Kerouac	*Sur les origines d'une génération* suivi de *Le dernier mot*
5467.	Liu Xinwu	*La Cendrillon du canal* suivi de *Poisson à face humaine*
5468.	Patrick Pécherot	*Petit éloge des coins de rue*
5469.	George Sand	*Le château de Pictordu*
5470.	Montaigne	*Sur l'oisiveté et autres Essais en français moderne*
5471.	Martin Winckler	*Petit éloge des séries télé*
5472.	Rétif de La Bretonne	*La Dernière aventure d'un homme de quarante-cinq ans*
5473.	Pierre Assouline	*Vies de Job*
5474.	Antoine Audouard	*Le rendez-vous de Saigon*
5475.	Tonino Benacquista	*Homo erectus*
5476.	René Fregni	*La fiancée des corbeaux*
5477.	Shilpi Somaya Gowda	*La fille secrète*
5478.	Roger Grenier	*Le palais des livres*
5479.	Angela Huth	*Souviens-toi de Hallows Farm*
5480.	Ian McEwan	*Solaire*
5481.	Orhan Pamuk	*Le musée de l'Innocence*
5482.	Georges Perec	*Les mots croisés*
5483.	Patrick Pécherot	*L'homme à la carabine. Esquisse*
5484.	Fernando Pessoa	*L'affaire Vargas*
5485.	Philippe Sollers	*Trésor d'Amour*
5487.	Charles Dickens	*Contes de Noël*
5488.	Christian Bobin	*Un assassin blanc comme neige*
5490.	Philippe Djian	*Vengeances*
5491.	Erri De Luca	*En haut à gauche*
5492.	Nicolas Fargues	*Tu verras*
5493.	Romain Gary	*Gros-Câlin*
5494.	Jens Christian Grøndahl	*Quatre jours en mars*

5495. Jack Kerouac — *Vanité de Duluoz. Une éducation aventureuse 1939-1946*
5496. Atiq Rahimi — *Maudit soit Dostoïevski*
5497. Jean Rouaud — *Comment gagner sa vie honnêtement. La vie poétique, I*
5498. Michel Schneider — *Bleu passé*
5499. Michel Schneider — *Comme une ombre*
5500. Jorge Semprun — *L'évanouissement*
5501. Virginia Woolf — *La Chambre de Jacob*
5502. Tardi-Pennac — *La débauche*
5503. Kris et Étienne Davodeau — *Un homme est mort*
5504. Pierre Dragon et Frederik Peeters — *R G Intégrale*
5505. Erri De Luca — *Le poids du papillon*
5506. René Belleto — *Hors la loi*
5507. Roberto Calasso — *K.*
5508. Yannik Haenel — *Le sens du calme*
5509. Wang Meng — *Contes et libelles*
5510. Julian Barnes — *Pulsations*
5511. François Bizot — *Le silence du bourreau*
5512. John Cheever — *L'homme de ses rêves*
5513. David Foenkinos — *Les souvenirs*
5514. Philippe Forest — *Toute la nuit*
5515. Éric Fottorino — *Le dos crawlé*
5516. Hubert Haddad — *Opium Poppy*
5517. Maurice Leblanc — *L'Aiguille creuse*
5518. Mathieu Lindon — *Ce qu'aimer veut dire*
5519. Mathieu Lindon — *En enfance*
5520. Akira Mizubayashi — *Une langue venue d'ailleurs*
5521. Jón Kalman Stefánsson — *La tristesse des anges*
5522. Homère — *Iliade*
5523. E.M. Cioran — *Pensées étranglées* précédé du *Mauvais démiurge*
5524. Dôgen — *Corps et esprit. La Voie du zen*
5525. Maître Eckhart — *L'amour est fort comme la mort et autres textes*

5526.	Jacques Ellul	*« Je suis sincère avec moi-même » et autres lieux communs*
5527.	Liu An	*Du monde des hommes. De l'art de vivre parmi ses semblables.*
5528.	Sénèque	*De la providence* suivi de *Lettres à Lucilius (lettres 71 à 74)*
5529.	Saâdi	*Le Jardin des Fruits. Histoires édifiantes et spirituelles*
5530.	Tchouang-tseu	*Joie suprême et autres textes*
5531.	Jacques de Voragine	*La Légende dorée. Vie et mort de saintes illustres*
5532.	Grimm	*Hänsel et Gretel et autres contes*
5533.	Gabriela Adameşteanu	*Une matinée perdue*
5534.	Eleanor Catton	*La répétition*
5535.	Laurence Cossé	*Les amandes amères*
5536.	Mircea Eliade	*À l'ombre d'une fleur de lys...*
5537.	Gérard Guégan	*Fontenoy ne reviendra plus*
5538.	Alexis Jenni	*L'art français de la guerre*
5539.	Michèle Lesbre	*Un lac immense et blanc*
5540.	Manset	*Visage d'un dieu inca*
5541.	Catherine Millot	*O Solitude*
5542.	Amos Oz	*La troisième sphère*
5543.	Jean Rolin	*Le ravissement de Britney Spears*
5544.	Philip Roth	*Le rabaissement*
5545.	Honoré de Balzac	*Illusions perdues*
5546.	Guillaume Apollinaire	*Alcools*
5547.	Tahar Ben Jelloun	*Jean Genet, menteur sublime*
5548.	Roberto Bolaño	*Le Troisième Reich*
5549.	Michaël Ferrier	*Fukushima. Récit d'un désastre*
5550.	Gilles Leroy	*Dormir avec ceux qu'on aime*
5551.	Annabel Lyon	*Le juste milieu*
5552.	Carole Martinez	*Du domaine des Murmures*
5553.	Éric Reinhardt	*Existence*
5554.	Éric Reinhardt	*Le système Victoria*
5555.	Boualem Sansal	*Rue Darwin*
5556.	Anne Serre	*Les débutants*
5557.	Romain Gary	*Les têtes de Stéphanie*

*Composition Daniel Collet
Impression Maury-Imprimeur
45330 Malesherbes
le 22 mai 2013.
Dépôt légal : mai 2013.
Numéro d'imprimeur : 182383.*

ISBN 978-2-07-045264-4. / Imprimé en France.

251404